국어 교과서 작품 읽기
중3 시

국어 교과서 작품 읽기: 중3 시

전면 개정판 1쇄 발행 • 2019년 12월 13일
전면 개정판 9쇄 발행 • 2024년 5월 13일

엮은이 • 김아란 박성우
펴낸이 • 염종선
책임편집 • 정편집실
조판 • P.E.N.
펴낸곳 • (주)창비
등록 • 1986년 8월 5일 제85호
주소 • 10881 경기도 파주시 회동길 184
전화 • 031-955-3333
팩시밀리 • 영업 031-955-3399 편집 031-955-3400
홈페이지 • www.changbi.com
전자우편 • ya@changbi.com

ⓒ (주)창비 2019
ISBN 978-89-364-5911-6 44810
ISBN 978-89-364-5910-9 (전3권)

국어 교과서 작품 읽기

중3 시

김아란·박성우 엮음

창비

'국어 교과서 작품 읽기' 전면 개정판을 펴내며

우리는 학교에서 여러 과목을 공부합니다. 과목마다 학습 방법도 재미도 다르지만, 한 가지 공통점이 있다면 모두 우리말, 우리글로 이루어진다는 점입니다. 달리 말해 국어 공부가 바탕이 되지 않으면 다른 과목이 더 어렵게 느껴질 수도 있지요. 더욱이 국어는 학교에서 배워야 하는 공부의 대상일 뿐 아니라 우리 삶 곳곳에서 쓰이는 소통의 도구입니다. 따라서 국어를 익히는 과정은 세상과 소통하는 법을 배우며 한 인간으로서 성장하는 과정이기도 합니다.

'국어 교과서 작품 읽기'는 2010년 출간된 이래 수많은 학생들과 학부모, 선생님들에게 큰 관심과 사랑을 받아 왔습니다. 이전까지 한 권이던 국정 국어 교과서에서 여러 권의 검정 국어 교과서로 바뀌면서 나오기 시작한 '국어 교과서 작품 읽기'는 변화된 교육 과정에 발맞추어 다종의 국어 교과서에 실린 문학 작품을 갈래별로 가려 뽑아 재구성해 다채로운 작품을 접할 수 있게 한 시리즈입니다. 초판 이후 2013년부터 새로운 교육 과정에 맞추어 개정판을 냈으며, 이번에 다시 한번 개정된 교육 과정에 맞추어 2020년 새 국어 교과서 9종에 대비하는 '전면 개정판'을 내게 되었습니다.

2018년부터 시행되고 있는 '2015 개정 교육 과정'은 학생이 자신과 세계를 이해하고 공동체의 구성원으로 소통하는 법을 배울 수 있도록 국어 교과 역량을 기르는 것을 강조합니다. 즉 비판적·창의적 사고 역량, 자료·정보 활용 역량, 의사소통 역량, 공동체·대인 관계 역량, 문화 향유 역량, 자기 성찰·계발 역량 등을 키우는 일이 중요해집니다. 이를 위해 과목을 넘나드는 창의 융합 활동이 제시되고, 학습량을 20퍼센트 가까이 줄이는 대신 학습의 질을 높였습니다. 국어 교과서에서도 문학 작품을 인문, 과학 영역과 접목해 통합적으로 읽고 생각하기를 권장하고 있습니다.

이번 '국어 교과서 작품 읽기'는 이처럼 문학 작품 독해의 질을 높이고 국어 능력을 강조하는 교육 과정의 큰 변화에 발맞추어 전면 개정한 것입니다. 이 시리즈는 문학 작품을 읽어 가면서 느낀 재미와 감동을 확인하고 생각하는 힘을 기르는 데 도움을 줄 것입니다.

우리는 대체로 시를 어려워합니다. 왜일까요. 마음으로 느끼려 하지 않고 무작정 해석만 하려고 함부로 덤벼 왔기 때문은 아닐까요? 엮은이는 교과서에 수록된 작품을 읽으면서 어떻게 하면 시를 쉽고도 친근하게 여러분 마음에 스미게 할 수 있을까에 대해 많은 고민을 했습니다. 이제 조금은 더 시의 곁으로 다가가 앉아도 좋을 것 같은데요. 느끼고 깨닫는 '감상 길잡이'를 통해 시를 쉽게 이해하고 깊은 의미를 알아 가는 일을 기쁘게 나눕니다. 다양하고 신나는 접근 방식의 '활동'을 통해 사고력을 키우고 상상의 폭을 넓혀 가는 일에 기꺼이 함께합니다.

시는 봄 여름 가을 겨울 할 것 없이 우리에게 다가오는데요. 엮은 이는 중3 국어 교과서 9종에서 엄선한 44편의 시를 계절로 나누어 이 책에 담습니다. 제1부 '상처가 더 꽃이다'에서는 봄비처럼 촉촉하고 봄볕처럼 따뜻한 시편들이 여러분을 기다리고 있는데요. '봄'이라는 낱말과 '첫사랑'이라는 시어는 왜 이렇게 사람의 마음을 설레게 하는 걸까요. 여러분은 봄의 시를 통해 아직 서툰 걸음이 어떻게 아픔과 상처를 이겨 내고 아름다운 삶과 사랑에 이르게 되는지 알게 될 것입니다.

여름이라는 말에서는 청포도 냄새가 나고 한낮에 퍼붓는 빗소리가 들려오는 것 같습니다. 푸르고 투명한 것들을 보면 우리는 문득문득 누군가를 못 견디게 그리워하기도 하는데요. 제2부 '비가 오면'의 시편들은 늘어지는 마음을 시원하고 경쾌하게 씻어 줄 준비를 마치고 있습니다. 여러분은 아마도 누군가에 기대어 살아가고 있는 자신을 새삼 발견하게 될 것이며, 뜨겁고 멋진 내일을 꿈꾸는 자신의 모습을 빙긋이 바라다보게 될지도 모르겠습니다.

나무들은 가을에 닿아 저마다의 색깔과 개성을 확연히 드러냅니다. 가을이 오면 막막하게 쓸쓸해지기도 하고 부쩍 외로움을 타기도 하는데요. 제3부 '들판이 적막하다'에서는 별과 달과 고요한 풍경이 여러분과 함께합니다. 너무 힘들어하지 말라고 돼지고기 굽는 냄새도 넣어 두었는데요. 내가 어떤 길로 나아가야 할지에 대해서도, 우리가 어떻게 어우러져 살아가야 하는지에 대해서도 깊이 궁리해 볼 수 있을 것입니다.

해가 짧아지고 차가운 밤이 길어지는 겨울에는 어떤 노래가 어울

릴까요. 빨래가 얼듯 몸과 마음이 움츠러드는 날에는 따뜻한 것들에 대한 생각이 간절해집니다. 마지막 부 '눈 오는 날'에서는 찬 바람이 불고 눈발이 치고 고드름이 어는 겨울일수록 우리는 왜 서로에게 온기를 더하며 정답고 포근한 존재가 되려 하는지에 대해 깊이 들여다보게 될 것인데요. 여러분 모두 포근포근, 행복한 하루하루를 이어 가면 좋겠습니다.

　시는 우리가 그간 보지 못한 곳을 바라보게 하고 우리가 아직 상상하지 못한 세상을 열어 가게 합니다. 마음과 마음을 이어 아픔과 상처를 어루만지고 사람과 사람의 관계를 한껏 아름답게 합니다. 우리는 저마다 느끼고 나누면서 가치 있는 삶을 살아갈 텐데요. 시를 통해 자신이 얼마나 사랑스럽고 고귀한 존재인지 알아 가며 아름다운 내일을 한없이 꿈꿀 수 있다면 더없이 좋겠습니다.

2019년 12월
김아란 박성우

차례

4부 눈 오는 날

일러두기

1. '2015 개정 교육과정'에 따른 중학교 검정 교과서 9종 『국어』 3-1, 3-2에 수록된 시들 중에서 44편을 가려 뽑았습니다.
2. 시가 처음 수록된 시집이나 전집을 원본으로 삼았습니다.
3. 표기는 가급적 원문에 충실히 따르는 것을 원칙으로 하였습니다. 다만 시의 분위기나 어감을 해치지 않는 선에서 현행 표기로 바꾸기도 하였습니다. 띄어쓰기는 모두 현행 표기법에 따랐습니다.
4. 한자는 모두 한글로 바꾸고 꼭 필요한 경우에만 괄호 안에 넣었습니다.
5. 시 끝부분에 낱말 풀이를 달았습니다.
6. 활동의 예시 답안은 창비 홈페이지(www.changbi.com)의 '창비어린이-어린이/청소년 독서활동-심화자료실'에 있습니다.

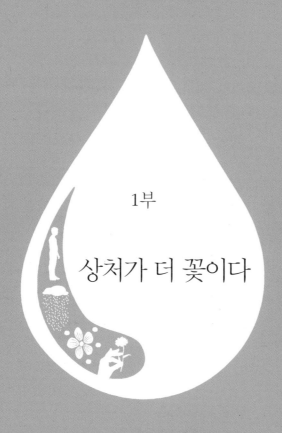

1부

상처가 더 꽃이다

3월에 오는 눈

• 나태주

눈이라도 3월에 오는 눈은
오면서 물이 되는 눈이다
어린 가지에
어린 뿌리에
눈물이 되어 젖는 눈이다
이제 늬들 차례야
잘 자라거라 잘 자라거라
물이 되며 속삭이는 눈이다.

3월에 내리는 눈이 한겨울에 오는 눈처럼 쌓인다면 싹을 틔우고 줄기를 키우려던 나무는 어떻게 될까요. 다행히 눈이 금방 녹아 "어린 가지"와 "어린 뿌리"에 젖어 들고 있습니다. 이 물은 점점 나무에 스며들어 새싹으로 돋아나기도 하고 꽃으로 피어나기도 할 텐데요. 어쩌면 이리도 눈이 포근하게 느껴질까요. 2행의 "오면서 물이 되는 눈이다"와 5행의 "눈물이 되어 젖는 눈이다" 그리고 마지막 행의 "물이 되며 속삭이는 눈이다"가 유사한 구조로 반복되면서 3월에 내리는 눈의 이미지가 선명해지고 있습니다. 나무가 잘 자라기를 바라는 시인의 마음이 와닿아서일까요. 세상이 조금은 더 따뜻하게 느껴집니다.

 「3월에 오는 눈」에서 "눈물이 되어 젖는 눈"이라는 말을 음미하다 보니 어쩐지 눈가가 따뜻하게 촉촉해져 오는 느낌이 드는데요. 내 마음을 기분 좋게 적시며 위로가 되던 말을 떠올려 예시처럼 써 봅시다.

〔예시〕 "괜찮아. 넌 잘 할 수 있어."

봄비

● 안도현

봄비는
왕벚나무 가지에 자꾸 입을 갖다 댄다
왕벚나무 가지 속에 숨은
꽃망울을 빨아내려고

벗꽃이 필 무렵, 봄비가 내리는 공원을 걷다가 잠시 발걸음을 멈추고 빗물이 스며든 벗나무 가지를 한번 살펴보세요. 살며시 고개를 내미는 연분홍빛 어린 꽃망울을 볼 수 있을 거예요. 「봄비」를 읽고 나면 가지에서 절로 올라온 줄 알았던 꽃망울이 봄비의 간절하고 끊임없는 사랑 덕분이었다는 것을 알게 되지요. 봄비는 "왕벗나무 가지 속에 숨은/꽃망울을 빨아내" 세상에 터뜨릴 수 있도록 도와주는 사랑스러운 존재로 표현되었는데요. 시인의 상상력이 놀랍기만 합니다. 그 여리디여린 생명이 세상에 고개를 들어 올릴 때까지 쉼 없이 보듬고 입맞춤을 해 주는 존재가 있어 우리는 봄을 맞을 수 있나 봅니다. 4행으로 이루어진 짧은 시가 자연의 섭리와 인간의 삶에 대한 깊은 깨달음을 갖게 하네요.

 「봄비」의 화자는 '왕벗나무에 내리는 봄비'를 보고 봄비가 나뭇가지에 입맞춤한다고 표현했습니다. 여러분도 자연의 어떤 현상을 보고 사람이 하는 행동처럼 상상하여 4행의 시로 표현해 봅시다.

가랑비

● 정완영

텃밭에 가랑비가 가랑가랑 내립니다
빗속에 가랑파가 가랑가랑 자랍니다
가랑파 가꾸는 울 엄마 손 가랑가랑 젖습니다

● **가랑비** 가늘게 내리는 비.
● **가랑파** '실파(몸이 가느다란 파)'의 경상도 방언.

이 작품은 리듬이 재밌으면서도 아름답지요. 게다가 엄마에 대한 애틋함까지 느낄 수 있어요. 「가랑비」는 한평생 우리의 삶과 정서가 담긴 시조를 쓰신 할아버지 시인의 동시조랍니다. 시조라 하면 왠지 옛것 같은 느낌이 들어 요즘 정서와 거리가 멀 듯하지만, 이 시조는 전혀 그렇지 않습니다. 가늘게 내리는 가랑비, 가랑비 맞고 자라는 가랑파, 가랑파 가꾸는 엄마의 젖은 손. 이미지가 선명하고 운율감도 뛰어납니다. 시를 읽을 때 느껴지는 말의 가락을 운율이라고 하지요. "텃밭에/가랑비가/가랑가랑/내립니다", 이렇게 한 행을 네 번 끊어 읽는 것을 4음보(음보는 끊어 읽는 단위)라고 합니다. 4음보의 이 시조를 소리 내서 끊어 읽어 보세요.

 「가랑비」를 소리 내어 읽으면 리듬이 느껴지는데 그 까닭은 무엇일까요?

봄나무

나무는 몸이 아팠다
눈보라에 상처를 입은 곳이나
빗방울들에게 얻어맞았던 곳들이
오래전부터 근지러웠다
땅속 깊은 곳을 오르내리며
겨우내 몸을 덥히던 물이
이제는 갑갑하다고
한사코 나가고 싶어 하거나
살을 에는 바람과 외로움을 견디며
봄이 오면 정말 좋은 일이 있을 거라고
스스로에게 했던 말들이
그를 못 견디게 들볶았기 때문이다
그런 마음의 헌데 자리가 아플 때마다
그는 하나씩 이파리를 피웠다

• **헌데** 살갗이 헐어서 상한 자리.

겨울이 가고 봄이 오는 일이랄지, 봄을 맞은 나무에서 새잎이 돋는 일이랄지, 우리는 대체로 별 고민 없이 당연히 일어나는 일이라 여기고 맙니다. 한데 시인은 독특하고도 특별한 시선으로 봄에 드는 나무를 바라봅니다. 어쩌면 시는 이렇듯 '다르게 보는 눈'에서 탄생하는지도 모르겠는데요. 겨울을 지나는 동안 나무는 얼마나 힘들고 아팠을까요. "눈보라에 상처를 입은 곳"도 "빗방울들에게 얻어맞았던 곳들"도 어루만져 주고만 싶습니다. 뿌리와 줄기를 오가며 "겨우내 몸을 덥히던 물"은 또 얼마나 답답해하며 외로움을 이겨 내야 했을까요. 놀랍게도 나무는 "마음의 헌데 자리가 아플 때마다" 새잎을 피워 냅니다.

 「봄나무」에서 봄을 맞이한 나무는 결국 새잎을 틔워 내는데요. 과연 나는 무엇을 새롭게 해낼 수 있을까요? 새 학기를 맞이해 어떤 일이 생기면 좋을지 짧게 써 봅시다.

나를 멈추게 하는 것들
- 속도에 대한 명상 13

● 반칠환

보도블록 틈에 핀 씀바귀꽃 한 포기가 나를 멈추게 한다

어쩌다 서울 하늘을 선회하는 제비 한두 마리가 나를 멈추게 한다

육교 아래 봄볕에 탄 까만 얼굴로 도라지를 다듬는 할머니의 옆모습이 나를 멈추게 한다

굽은 허리로 실업자 아들을 배웅하다 돌아서는 어머니의 뒷모습은 나를 멈추게 한다

나는 언제나 나를 멈추게 한 힘으로 다시 걷는다

이 시는 너나없이 숨 가쁘게 달려가는 우리의 하루를 돌아보게 합니다. 빠르게 스쳐 지나가는 수많은 일상 속에서 하던 일을 멈추고 잠시 생각을 가다듬게 하는 그것. 씀바귀꽃 한 포기, 제비 한두 마리, 도라지를 다듬는 할머니의 옆모습……. 작고 특별한 게 없어 보이는 것들이 소중하고 아름다운 존재로 변하게 된 것은 시인의 깨달음 덕분이네요. 분주하게 움직이던 나와 너, 그리고 우리를 멈추게 한 것들이 하나씩 모여 삶에 활력을 가져다주는가 봅니다. 그래서 이 시의 화자는 "나를 멈추게 한" 것들에서 힘을 얻고 그 힘으로 다시 나아가지요.

살아오면서 자신을 멈추게 한 것이 있는지 생각해 보고, 괄호 안을 채워 문장을 완성해 봅시다.

(   )이/가 나를 멈추게 한다.

봄은

● 신동엽

봄은
남해에서도 북녘에서도
오지 않는다.

너그럽고
빛나는
봄의 그 눈짓은,
제주에서 두만까지
우리가 디딘
아름다운 논밭에서 움튼다.

겨울은,
바다와 대륙 밖에서
그 매운 눈보라 몰고 왔지만
이제 올
너그러운 봄은, 삼천리 마을마다
우리들 가슴속에서
움트리라.

움터서,
강산을 덮은 그 미움의 쇠붙이들
눈 녹이듯 흐물흐물
녹여 버리겠지.

'봄'이라는 희망적이고도 상징적인 시어를 통해 분단을 극복하고 평화로운 통일을 이루고자 하는 시인의 간절한 바람이 들어 있는데요. 봄은 어디에서 오는 걸까요. 화자는 "제주에서 두만까지/우리가 디딘/아름다운 논밭에서 움튼다."고 말하고 있습니다. 앞으로 올 봄은 "삼천리 마을마다/우리들 가슴속에서/움트리라." 확신하고 있습니다. 그렇다면 겨울은 어디에서 온 걸까요. 그렇습니다. "바다와 대륙 밖에서/그 매운 눈보라 몰고" 왔습니다. 이처럼 남북의 평화 통일을 의미하는 '봄'과 분단 현실을 보여 주는 '겨울'은 대립적인 이미지로 쓰이고 있지요. 봄이 오듯 통일이 오면 좋겠습니다.

 「봄은」에서 전쟁 무기나 군사적 대립을 의미하는 2어절의 시어를 찾아보세요.

첫사랑

● 고재종

흔들리는 나뭇가지에 꽃 한 번 피우려고
눈은 얼마나 많은 도전을 멈추지 않았으랴

싸그락 싸그락 두드려 보았겠지
난분분 난분분 춤추었겠지
미끄러지고 미끄러지길 수백 번,

바람 한 자락 불면 휙 날아갈 사랑을 위하여
햇솜 같은 마음을 다 퍼부어 준 다음에야
마침내 피워 낸 저 황홀 보아라

봄이면 가지는 그 한 번 덴 자리에
세상에서 가장 아름다운 상처를 터뜨린다

● 난분분(亂紛紛) 눈이나 꽃잎 따위가 흩날리어 어지러움.

1, 2연은 흔들리는 나뭇가지에 꽃을 피우기 위한 눈의 도전과 노력을 보여 줍니다. "싸그락 싸그락", "난분분 난분분", 눈은 수백 번 미끄러지면서도 도전을 멈추지 않지요. 설령 바람에 휙 날아가 버린다 해도 절대로 물러서지 않습니다. 3, 4연은 시련을 이겨 내고 마침내 '눈꽃'과 '봄꽃'을 피우는 황홀한 광경이지요. "햇솜 같은" 순수한 마음을 모두 내어 준 다음에 비로소 눈꽃을 피워 냈으니, 황홀할 수밖에요. 이제 봄이 오면 눈꽃이 피었던 그 아픈 자리에 "세상에서 가장 아름다운 상처"를 터뜨리기 시작하지요. 인간의 사랑도 이처럼 시련과 아픔을 이겨 내고 이룬 사랑이라야 진정 아름다울 거예요. 어떤 힘겨운 상황에서도 봄꽃을 피워 낸 눈처럼 여러분도 도전을 결코 멈추지 않는 아름다운 사람이 되었으면 좋겠어요.

 「첫사랑」의 마지막 행 "세상에서 가장 아름다운 상처"는 어떤 의미인지 생각해 봅시다.

상처가 더 꽃이다

● 유안진

어린 매화나무는 꽃 피느라 한창이고
사백 년 고목은 꽃 지느라 한창인데
구경꾼들 고목에 더 몰려섰다
둥치도 가지도 꺾이고 구부러지고 휘어졌다
갈라지고 뒤틀리고 터지고 또 튀어나왔다
진물은 얼마나 오래 고여 흐르다가 말라붙었는지
주먹만큼 굵다란 혹이며 패인 구멍들이 험상궂다
거무죽죽한 혹도 구멍도 모양 굵기 깊이 빛깔이 다 다르다
새 진물이 번지는가 개미들 바삐 오르내려도
의연하고 의젓하다
사군자 중 으뜸답다
꽃구경이 아니라 상처 구경이다
상처 깊은 이들에게는 훈장(勳章)으로 보이는가
상처 도지는 이들에게는 부적(符籍)으로 보이는가
백 년 못 된 사람이 매화 사백 년의 상처를 헤아리랴마는
감탄하고 쓸어 보고 어루만지기도 한다
만졌던 손에서 향기까지도 맡아 본다
진동하겠지 상처의 향기

상처야말로 더 꽃인 것을.

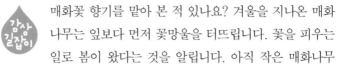 매화꽃 향기를 맡아 본 적 있나요? 겨울을 지나온 매화
나무는 잎보다 먼저 꽃망울을 터뜨립니다. 꽃을 피우는
일로 봄이 왔다는 것을 알립니다. 아직 작은 매화나무
는 한창 꽃잎을 피워 내고 오래된 매화나무는 벌써 꽃이 지고 있는
데요. "사백 년 고목"은 어떻게 수없이 많았을 풍파를 굳세고 단단
하게 이겨 낼 수 있었을까요. 비바람이 치고 눈보라가 몰려올 때마
다 고목의 가지가 꺾여 나가기도 했을 것이고 지독한 가뭄에는 뿌
리와 잎이 말라 가기도 했을 것입니다. 얼마나 큰 고통을 이겨 내느
라 "거무죽죽한 혹"과 "구멍"이 다 생겼을까요. 고목의 상처를 보
듬는 시인의 섬세한 시선에서도 매화꽃 향기가 나는 것만 같습
니다.

 「상처가 더 꽃이다」에서 사백 년 고목은 의연하고 의젓해 보이기만
한데요. 여러분은 언제 자신이 의연하거나 의젓하다고 느끼나요?

껍데기는 가라

● 신동엽

껍데기는 가라.
사월도 알맹이만 남고
껍데기는 가라.

껍데기는 가라.
동학년(東學年) 곰나루의, 그 아우성만 살고
껍데기는 가라.

그리하여, 다시
껍데기는 가라.
이곳에선, 두 가슴과 그곳까지 내논
아사달 아사녀가
중립(中立)의 초례청 앞에 서서
부끄럼 빛내며
맞절할지니

껍데기는 가라.
한라에서 백두까지

향그러운 흙 가슴만 남고
그, 모오든 쇠붙이는 가라.

- **사월** 1960년 4월에 일어난 4·19혁명을 가리킴.
- **동학년** 동학혁명이 일어난 1894년을 가리킴.
- **곰나루** 충청남도 '공주(公州)'의 옛 지명.
- **아사달 아사녀** '아사달'은 백제의 이름난 석수장이이고 '아사녀'는 그의 아내임. 여기서는 우리나라의 근원적 심성이나 순수성을 간직한 남녀를 비유한 말임.

이 시의 특징 중 하나는 '반복'입니다. "껍데기는 가라." 단호하고 분명한 어조로 여섯 번 반복되는 이 말에서 '껍데기'는 무엇을 의미하는지 궁금해지지요. 그것은 상징적으로 표현된 시어를 통해 유추해 볼 수밖에 없지요. 마지막 행 "모오든 쇠붙이"는 전쟁이나 무기, 폭력, 외세 등을 상징하는 표현인데요. 없어지기를 바라는 껍데기의 핵심을 표현한 말이기도 하지요. 시인은 이런 쇠붙이들이 한반도("한라에서 백두")에서 모두 물러가고, 껍데기와 반대되는 '사월의 알맹이'(1연), '동학년 곰나루의 아우성'(2연), '향그러운 흙 가슴'(4연)만 남기를 열망합니다.

1967년에 발표된 이 시는 반독재 민주주의 운동인 4·19혁명을 배경으로 하고 있어요. 혁명의 순수한 정신이 자꾸 퇴색하고 있는 현실에서 이 땅에 혁명의 알맹이만 남기를 바라는 시인의 외침이 마음을 울립니다.

「껍데기는 가라」에서 시인이 '껍데가는 가라!' 하고 외친 것처럼 여러분도 '~ 가라!' 하고 외치고 싶은 게 있을 거예요. 그것을 찾아 생각나는 대로 써 봅시다.

봄

● 이성부

기다리지 않아도 오고
기다림마저 잃었을 때에도 너는 온다.
어디 뻘밭 구석이거나
썩은 물웅덩이 같은 데를 기웃거리다가
한눈 좀 팔고, 싸움도 한판 하고,
지쳐 나자빠져 있다가
다급한 사연 들고 달려간 바람이
흔들어 깨우면
눈 부비며 너는 더디게 온다.
더디게 더디게 마침내 올 것이 온다.
너를 보면 눈부셔
일어나 맞이할 수가 없다.
입을 열어 외치지만 소리는 굳어
나는 아무것도 미리 알릴 수가 없다.
가까스로 두 팔을 벌려 껴안아 보는
너, 먼 데서 이기고 돌아온 사람아.

● 뻘밭 개펄. 갯바닥이나 늪 바닥에 있는 거무스름하고 미끈미끈한 흙이 많은 땅.

우리는 누군가를 기다리거나 어떤 때가 오기를 바라고는 하는데요. 화자는 봄이 오기를 고대하고 있습니다. 마치 사람처럼 '너'라고 친근하게 부르며 봄이 오기를 간절히 바라고 있습니다. "기다리지 않아도 오고/기다림마저 잃었을 때에도 너는 온다."라고 확신하면서 말이지요. 하지만 기다리는 것들은 왜 느리게 오는 걸까요. 봄은 곧바로 오지 않고 바람이 깨운 뒤에야 "더디게" 옵니다. 1960년대나 1970년대의 암울했던 시대적 상황을 염두에 두고 시를 읽다 보면 봄이 지닌 상징적 의미를 짐작할 수 있을 것 같습니다. 봄은 자유나 평화, 온전한 민주주의 같은 게 아닐까요.

활동 「봄」에서 화자는 봄을 간절히 기다리고 있는데요. 지금 여러분이 기다리는 것은 무엇인지 솔직하게 말해 보기로 해요.

꽃

• 김춘수

내가 그의 이름을 불러 주기 전에는
그는 다만
하나의 몸짓에 지나지 않았다.

내가 그의 이름을 불러 주었을 때
그는 나에게로 와서
꽃이 되었다.

내가 그의 이름을 불러 준 것처럼
나의 이 빛깔과 향기에 알맞은
누가 나의 이름을 불러 다오.
그에게로 가서 나도
그의 꽃이 되고 싶다.

우리들은 모두
무엇이 되고 싶다.
너는 나에게 나는 너에게
잊혀지지 않는 하나의 눈짓이 되고 싶다.

아무도 모르는 곳에서 누군가 내 이름을 불러 주었을 때가 있었을 거예요. 누군가 내 이름을 불러 준다는 것은 어떤 의미일까요? 내 존재를 알고 있거나 알아준다는 의미이겠지요. 단지 한 대상에 불과했던 '나'이지만 이름이 불리는 순간, 누군가에게 의미 있는 존재가 되지요. 그가 "하나의 몸짓"에 지나지 않았던 '그'의 이름을 불러 주었을 때 비로소 '꽃'이 된 것처럼. 우리는 누구나 의미 있고 소중한 존재, 자신의 빛깔과 향기에 알맞은 이름을 가진 존재가 되고 싶어 합니다. 존재하는 것들의 본질을 알고 그것의 이름을 부를 때 그 존재는 참모습을 보여 주고, 결국은 서로 의미 있는 존재가 되겠지요.

 「꽃」에서 '이름을 불러 준다'는 것은 어떤 의미를 가지는지 생각해 봅시다.

햇빛이 말을 걸다

● 권대웅

길을 걷는데
햇빛이 이마를 툭 건드린다
봄이야
그 말을 하나 하려고
수백 광년을 달려온 빛 하나가
내 이마를 건드리며 떨어진 것이다
나무 한 잎 피우려고
잠든 꽃잎의 눈꺼풀 깨우려고
지상에 내려오는 햇빛들
나에게 사명을 다하며 떨어진 햇빛을 보다가
문득 나는 이 세상의 모든 햇빛이
이야기를 한다는 것을 알았다
강물에게 나뭇잎에게 세상의 모든 플랑크톤들에게
말을 걸며 내려온다는 것을 알았다
반짝이며 날아가는 물방울들
초록으로 빨강으로 답하는 풀잎들 꽃들
눈부심으로 가득 차 서로 통하고 있었다
봄이야

라고 말하며 떨어지는 햇빛에 귀를 기울여 본다
그의 소리를 듣고 푸른 귀 하나가
땅속에서 솟아오르고 있었다

시인에게는 우리와는 다른 귀가 있는 걸까요. 놀랍게도 시인은 햇빛이 하는 말을 듣고 있습니다. "이마를 툭" 건드리고는 "봄이야" 말을 건네는 햇빛을 바라보고 있습니다. 잎을 피우고 꽃잎을 깨우러 오는 햇빛을 유심히 쳐다보다가 "이 세상의 모든 햇빛이/이야기를 한다는 것을" 깨닫고 있습니다. 이 햇빛은 사람한테만 말을 거는 게 아니라 '강물'과 '나뭇잎' 그리고 '플랑크톤'에까지 말을 건네고 있는데요. '물방울들'이나 '풀잎들'과 '꽃들'과도 눈부시고도 거리낌 없이 통하고 있습니다. "수백 광년"을 달려와 금세 떨어지고 마는 햇빛이 나에게 무슨 말을 하려는지도 귀 기울여 들어 봐야겠습니다.

 「햇빛이 말을 걸다」에서 '햇빛이 하는 소리를 듣고 떡잎을 내미는 씨앗'도 있는 것 같은데요. '막 돋아나는 새싹'을 비유적으로 표현한 2어절의 시어를 찾아 써 보세요.

우리 동네 구자명 씨

• 고정희

맞벌이 부부 우리 동네 구자명 씨
일곱 달 된 아기 엄마 구자명 씨는
출근 버스에 오르기가 무섭게
아침 햇살 속에서 졸기 시작한다
경기도 안산에서 서울 여의도까지
경적 소리에도 아랑곳없이
옆으로 앞으로 꾸벅꾸벅 존다
차창 밖으론 사계절이 흐르고
진달래 피고 밤꽃 흐드러져도 꼭
부처님처럼 졸고 있는 구자명 씨,
그래 저 십 분은
간밤 아기에게 젖 물린 시간이고
또 저 십 분은
간밤 시어머니 약시중 든 시간이고
그래그래 저 십 분은
새벽녘 만취해서 돌아온 남편을 위하여 버린 시간일 거야
고단한 하루의 시작과 끝에서
잠 속에 흔들리는 팬지꽃 아픔

식탁에 놓인 안개꽃 멍에
그러나 부엌문이 여닫기는 지붕마다
여자가 받쳐 든 한 식구의 안식이
아무도 모르게
죽음의 잠을 향하여
거부의 화살을 당기고 있다

요즘 경기도 안산에서 서울 여의도까지 버스로 출퇴근 하는 시간은 얼마나 걸릴까요? 약 두 시간 정도 걸린다 고 해요. 이 시가 발표된 1980년대에도 이와 비슷했을 겁니다. 화자는 '구자명 씨'에 대해 속속들이 알고 있는 동네 사람 인데요. 화자의 눈에 비친 그녀의 삶은 몹시 고단하고 애처롭습니 다. 집안의 온갖 힘든 일을 도맡아 하며 직장에 다니고 있으니까요. 돌도 안 된 아기를 두고 일터를 향해 출근 버스에 오르는 그녀. 화 들짝 놀랄 경적 소리에도 그저 꾸벅꾸벅 졸기만 하는 그녀. 진달래 가 피고 밤꽃 흐드러진 봄날에도 잠을 못 이겨 정신없이 졸기만 하 는 그녀. '구자명 씨'는 바로 내 이웃에 살고 있는 맞벌이 부부인데 요. 엄마로서, 며느리로서, 또 아내로서 그녀는 가족을 위해 희생하 는 이 땅의 여성을 대변하고 있어요.

 이 시의 구자명 씨(또는 구자명 씨 같은 주변 사람)의 삶에 공감하고 그를 위로하는 글을 써 봅시다.

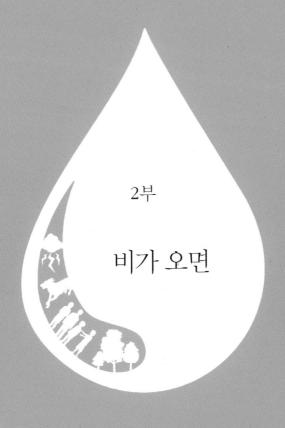

2부

비가 오면

청포도

● 이육사

내 고장 칠월은
청포도가 익어 가는 시절

이 마을 전설이 주저리주저리 열리고
먼 데 하늘이 꿈꾸며 알알이 들어와 박혀

하늘 밑 푸른 바다가 가슴을 열고
흰 돛단배가 곱게 밀려서 오면

내가 바라는 손님은 고달픈 몸으로
청포(靑袍)를 입고 찾아온다고 했으니

내 그를 맞아 이 포도를 따 먹으면
두 손은 함뿍 적셔도 좋으련

아이야 우리 식탁엔 은쟁반에
하이얀 모시 수건을 마련해 두렴

● **청포** 푸른 도포. '도포'는 예전에 예복으로 입던 남자의 겉옷.

이육사 시인은 시로 저항하고 몸으로 독립운동을 한 민족 시인입니다. 시인의 원래 이름은 이원록인데요. 우리가 잘 알고 있는 이름 이육사는 시인이 독립 투쟁을 하다 투옥되었을 때의 수인번호 264(二六四)에서 비롯되었는데 나중에 이육사(李陸史)로 쓰게 됩니다. 이름만 보아도 시인의 시와 삶이 얼마나 곧고 굳게 일치했을지가 보이는 것 같지요.「청포도」는 평화롭고 풍요로운 세계와 광복을 소망하고 있습니다. '청포도' '하늘' '푸른 바다' '청포'와 같은 청색 계열 이미지와 '흰 돛단배' '은쟁반' '하이얀 모시 수건' 같은 백색 계열 이미지가 색채 대비를 이루며 선명한데요. 이를 통해 시인의 간절한 바람이 감각적으로 드러나고 있습니다.

「청포도」에서 화자가 기다리는 대상이기도 하고 조국의 광복을 상징하기도 하는 시어는 다음 중 무엇일까요?

① 두 손   ② 내가 바라는 손님   ③ 우리 식탁
④ 은쟁반   ⑤ 하이얀 모시 수건

숲

● 강은교

나무 하나가 흔들린다
나무 하나가 흔들리면
나무 둘도 흔들린다
나무 둘이 흔들리면
나무 셋도 흔들린다

이렇게 이렇게

나무 하나의 꿈은
나무 둘의 꿈
나무 둘의 꿈은
나무 셋의 꿈

나무 하나가 고개를 젓는다
옆에서
나무 둘도 고개를 젓는다
옆에서
나무 셋도 고개를 젓는다

아무도 없다
아무도 없이
나무들이 흔들리고
고개를 젓는다

이렇게 이렇게
함께

나무 한 그루에서 시작된 흔들림은 숲 전체로 확대되어 어릴 때 한 번쯤 갖고 놀았던 도미노 게임의 한 장면을 연상시키네요. 나무 하나의 꿈은 숲 전체의 꿈이 되고, 나무 하나가 고개를 저으면 숲 전체가 고개를 젓습니다. 좌절도, 꿈 꾸는 것도, 거부하는 것도 모두 혼자가 아니지요. 여럿이 함께하는 숲. 숲은 우리의 삶과 닮았어요. 독립된 개체로 살아가는 한 사람 한 사람이 나무라면, 우리가 함께 살아가는 공동체는 숲이 되겠지요. 교실엔 서로 다른 개성을 지닌 친구들이 참 많아요. 친구가 아파할 때 같이 아파해 주고, 기쁠 땐 함께 기뻐해 주면서 더불어 살아간다면 여러분은 분명 아름다운 숲처럼 멋진 공동체를 이룰 거예요.

 '나무 한 그루 한 그루는 숲이 되어 있을 때 더 아름답다.'는 말이 있지요. '교실이라는 숲'에서 여러분이 더 아름다운 나무가 되기 위해 가져야 할 마음가짐에는 무엇이 있을까요?

비가 오면

● 이상희

비가 오면
온몸을 흔드는 나무가 있고
아, 아, 소리치는 나무가 있고

이파리마다 빗방울을 퉁기는 나무가 있고
다른 나무가 퉁긴 빗방울에
비로소 젖는 나무가 있고

비가 오면
매처럼 맞는 나무가 있고
죄를 씻는 나무가 있고

그저 우산으로 가리고 마는
사람이 있고

학교에 가거나 집에 오다가 갑자기 내리는 비에 당혹스러워하던 때가 있을 텐데요. 우산을 챙기지 않았는데 느닷없이 비가 쏟아지면 어떻게 하나요. 그냥 마구 뛰는 사람도 있을 것이고 가까운 건물로 들어가 일단 비를 피하고 보는 사람도 있을 겁니다. 우산이 없는 나무는 어떨까요. 「비가 오면」에는 비를 맞는 나무의 모습이 생생하고도 다양하게 나타나고 있지요. "온몸을 흔드는 나무"도 있고 "아, 아, 소리치는 나무"도 있습니다. 빗줄기는 언제쯤이나 잦아들까요. 비를 "매처럼 맞는 나무"가 있는가 하면 "죄를 씻는 나무"도 있는데요. "나무가 있고"가 반복되다가 마지막 연에서 "사람이 있고"로 마무리되면서 묘하게 아름다운 운율이 형성되는 동시에 우리 자신을 돌아보게 합니다.

「비가 오면」을 읽으면서 비에 반응하는 나무의 다양한 모습을 보았는데요. 만일 눈이 온다면 나무는 어떤 반응을 보일까요. 예시처럼 모방해 보면서 자유롭게 표현해 보기로 해요.

[예시] 손을 흔들어 눈을 털어 내는 나무

_____ 나무

_____ 나무

남으로 창을 내겠소

● 김상용

남으로 창을 내겠소
밭이 한참갈이
괭이로 파고
호미론 풀을 매지요

구름이 꼬인다 갈 리 있소
새 노래는 공으로 들으랴오
강냉이가 익걸랑
함께 와 자셔도 좋소

왜 사냐건
웃지요

• **한참갈이** 소로 잠깐이면 갈 수 있는 작은 논밭의 넓이.
• **꼬인다** 그럴듯한 말이나 행동으로 남을 속이거나 부추긴다.
• **공으로** 힘들이거나 대가를 치르지 않고 거저. 공짜로.

도시의 삶에 지쳐서일까요. 아니면 도시 생활이 지겨워져서일까요. 화자는 남으로 창을 내겠다고 하며 자연에서 사는 삶을 소망합니다. 씨앗을 뿌리거나 모종을 심기 위해 밭을 가는 모습이 보이나요? 큰 욕심 없이 괭이로 땅을 파고 호미로 풀을 매며 느긋하게 사는 삶은 어쩐지 여유로워서 좋을 것 같습니다. 도시 사람들은 번잡한 도심을 벗어나 훌쩍 시골에 다녀오는 일로 머리를 맑게 하기도 하는데요. 금방이라도 새소리가 들려올 것만 같고 옥수수 익는 냄새가 풍겨 올 것만 같습니다. 건강한 땀을 흘린 뒤에 나눠 먹는 옥수수는 얼마나 맛이 좋을까요. 화자는 세속적인 욕망을 멀리하고 소박한 전원생활을 꿈꾸고 있습니다.

「남으로 창을 내겠소」에서 '새 노래'나 '강냉이'와 같은 시어와는 달리 '세속적인 욕망이나 삶'을 함축적으로 보여 주는 시어를 찾아 써 보세요.

벼락

● 이성미

밤하늘을 그어 버리는
노란 손톱 자국

놀란 거인이 쿵쿵거리며 달려 나온다

단 세 줄의 시인데 상상력이 풍부한 동화를 연상시키네요. 밤하늘, 노란 손톱 자국, 거인. 이 세 글감으로 무궁무진한 이야기를 만들어 낼 수 있을 것 같지 않나요? 제목을 보지 않았다면 상상의 날개를 단 흥미진진한 이야기는 더 길어질 거예요. 제목이 '벼락'이니, "노란 손톱 자국"은 시인이 의도한 분명한 이미지를 만들어 냅니다. 그런데 쿵쿵 달려 나오는 놀란 거인은 누굴까요? 우르르 쾅쾅거리는 천둥소리를 거인이 쿵쿵거리며 달려 나온다고 표현한 시인의 상상력에 감탄이 절로 나오네요. 일기예보에서 천둥 번개가 친다는 말을 들어 봤을 거예요. 번개가 먼저 나타난 후 천둥이 울리는 자연현상을 생각해 보면, 일기예보의 '천둥 번개'는 순서가 뒤바뀐 말이랍니다. 엄밀히 말하면 '번개 천둥'이지요.

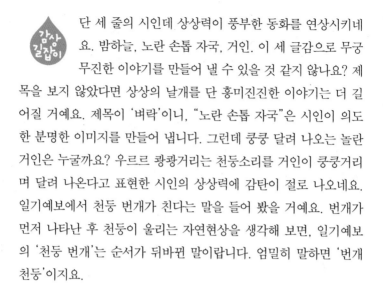

「벼락」에서 '노란 손톱 자국'과 '놀란 거인'은 각각 무엇을 의미하는 것인지 생각해 봅시다.

비스듬히

• 정현종

생명은 그래요.
어디 기대지 않으면 살아갈 수 있나요?
공기에 기대고 서 있는 나무들 좀 보세요.

우리는 기대는 데가 많은데
기대는 게 맑기도 하고 흐리기도 하니
우리 또한 맑기도 흐리기도 하지요.

비스듬히 다른 비스듬히를 받치고 있는 이여.

어디에도 기대지 않고 살아가는 생명이 세상에 존재할까요. 우리는 공기나 물이 없어도 살 수 없고 땅이 없어도 살 수 없습니다. 엄마 아빠와 같은 존재가 없었다면 태어나지도 못했을 것이고 돌봐 주는 손길이 없었다면 여기까지 오지도 못했을 것입니다. 시인은 혼자 꿋꿋하게 서 있는 줄로만 알았던 나무도 "공기에 기대고 서 있는" 존재라는 것을 우리에게 새삼 일깨워 주고 있는데요. '비스듬하다'는 것은 수평이나 수직이 아니라 어느 한쪽으로 기울어져 있다는 것. 우리는 "비스듬히 다른 비스듬히를 받치고 있는" 존재여서 서로 기대어 있지 않으면 순식간에 와르르 무너지고 말 것입니다.

 기대고 있는 사람이 행복해하면 나도 덩달아 행복해지는 것 같은데요. 여러분이 마음을 기대 의지하고 있는 사람이 누구인지 생각해 보는 건 어떨까요?

길

● 김애란

난 뭐가 되지? 뭘 할 수 있지?
어느 길로 가야 하지? 길은 있을까?
묻는 내게 엄마는 생뚱맞게도
큰 사거리 케이마트에 갔다 오란다

가서 니 젤로 먹고 자픈 거 사 온나
꼭 사거리 케이마트여야 하는 기라

꼬깃꼬깃 구겨진 5천 원짜리 한 장을
내 손에 꼭 쥐여 주셨다
왜 하필 길도 잘 모르는
남의 동네 케이마트일까

골목길을 벗어나
장미꽃 흐드러지게 핀 동네 슈퍼를 돌아
소망약국을 지나 편의점 파라솔 밑에서
어느 쪽 길로 갈까 잠시 망설이다가
벽화가 그려진 담장 길을 걸어 케이마트에 가서

땡볕 때문에 제일 먹고 싶어진 아이스크림을
골라 담아 열 개에 4900원에 사 왔다

집에선 안 보이던 길이
나가니께는 보이제?
것도 이 길 저 길 많이 보이제?
똑같은 기라
지금은 암것도 안 보이고
똑 죽을 거맹키로 막막한 거 같아도
일단 나서면 보이는 게 길이래이
가다 보면 없던 길도 생긴대이
길이 끊기몬 돌아서면 되는 기라
그라믄 못 보고 지나친 길이 새로 보이는 기라
어디든 길은 쌔고 쌘 기라

쌔고 쌘 것이 길이지요. 길이 끊기면 돌아서면 되지요. 못 보고 지나친 길이 얼마나 많은가요. 중학교 3학년이면 고입이 눈앞이고, 진로를 본격적으로 고민할 시기이지요. 여러분도 화자처럼 '뭐가 되지? 뭘 할 수 있을까?' 하고 수없이 생각하며 답답할 때가 있을 거예요. 최근의 통계에 따르면 해마다 4~5만 명의 청소년이 학교를 그만둔다고 해요. 이들을 흔히 '학교 밖 아이들'이라고 부르지요. 「길」이 실린 시집도 『난 학교 밖 아이』입니다. 「길」의 화자도 학교 바깥의 삶 속에서 방황하는 청소년이에요. 하지만 참 훌륭한 어머니가 옆에 계시네요. 부모의 기준에 맞게 길을 만들어 놓고 아이들에게 그 길을 무조건 들이미는 이 땅의 많은 부모님들과 이 시를 함께 읽어 보면 참 좋겠다는 생각이 듭니다.

 「길」에서 가장 마음에 와닿은 부분을 찾아 적어 보고, 그 이유를 써 봅시다.

호수 1

● 정지용

얼굴 하나야
손바닥 둘로
폭 가리지만,

보고 싶은 마음
호수만 하니
눈 감을밖에.

그리운 사람에 대한 간절한 마음이 애절하게 드러나고 있는 짧은 시입니다. 울림이 커서 마음에 오래 남을 것만 같습니다. 누군가를 오래 기다려 보거나 그리워해 본 사람은 더욱더 공감이 갈 텐데요. 얼굴 정도야 두 손을 펴서 가리면 가릴 수 있겠지만 "보고 싶은 마음"은 어떻게 가려야 하는 걸까요. 가늠할 수도 없을 만큼 넓고 커서 손바닥뿐 아니라 그 어떤 것으로도 가릴 수 없을 것 같은데요. 시인은 애타게 보고 싶어 하는 마음을 어쩜 이리도 애틋하고 아름답게 표현할 수 있을까요. 간절하게 그리운 마음이 호수만큼 넓고 커서 눈을 감을 수밖에 없다고 말하고 있습니다.

「호수 1」의 화자는 그리움을 도무지 감출 수가 없어 차라리 눈을 감고 마는데요. 만일 자신한테 참을 수 없을 만큼 보고 싶은 사람이 생긴다면 어떤 행동을 하며 견디게 될까요?

분천강호가(汾川講好歌) 제4수

● 이숙량

형제가 열이라도 처음은 한 몸이라
하나가 열인 줄을 뉘 아니 알랴마는
어쩌다 욕심에 걸려 한 몸인 줄 모르는가

* **분천강호가** 분천에서 우호를 다지는 노래. '분천'은 이숙량의 고향인 경상도 안동부 예안현 분천
리(지금의 경상북도 안동시 도산면 분천리)를 말함. '강호'는 서로 사이좋게 지낸다는 뜻임. 총 6수로
이루어진 연시조.

형제간에 어릴 때는 장난감이나 먹을 것 등으로 티격태격하면서도 사이좋게 자라지만, 어른이 되고 나면 재산이나 권력 등으로 큰 싸움이 벌어지곤 하지요. 커 가면서 형제간에 사이가 벌어지는 것은 욕심 때문이지요. 우애가 상한 후 평생 얼굴을 안 보고 살아가는 형제자매도 있고, 말 한마디에 서로 상처를 받은 후 남보다 못한 관계로 지내는 경우도 많아요. 「분천강호가」는 조선 시대 농암 이현보의 아들인 매암 이숙량이 가문의 자제들을 가르치고 집안의 예의범절을 세우기 위해 쓴 책인 『분천강호록』에 수록된 총 6수의 연시조 중 하나예요. 한 핏줄로 태어난 형제라도 욕심에 빠지면 '한 몸'이었다는 것을 잊고 다투지요. 지은이는 이를 경계하며 우애를 강조하고 있습니다.

 「분천강호가」가 오늘날 우리의 삶에 던지는 시사점은 무엇일지 생각해 봅시다.

개를 여남은이나 기르되

● 지은이 모름

개를 여남은이나 기르되 요 개같이 얄미우랴

미운 님 오면은 꼬리를 홰홰 치며 치뛰락 나리뛰락 반겨서
내닫고 고운 님 오면은 뒷발을 바둥바둥 무르락 나오락 캉
캉 짖어서 돌아가게 한다

쉰밥이 그릇그릇 날진들 너 먹일 줄이 있으랴

현대어 풀이

개를 열 마리 넘게 기르지만 이 개처럼 얄미울까

미운 임이 오면 꼬리를 홰홰 치며 뛰어 올랐다가 내렸다가
반겨서 맞이하고, 사랑하는 임이 오면 뒷발을 버둥거리며
물러섰다가 나아갔다가 캉캉 짖어서 돌아가게 한다

쉰밥이 그릇그릇 남을지라도 너 먹일 것이 있을 줄 아느냐

● **여남은** 열이 조금 넘는 수.
● **치뛰락 나리뛰락** 뛰어올랐다 내리뛰었다 하는 모습을 표현한 것.
● **무르락 나오락** 물러섰다가 나아갔다가.
● **날진들** 남을지라도.
● **먹일 줄이 있으랴** 먹일 것이 있는 줄 아느냐.

여럿이 함께 지내다 보면 말이나 행동을 얄밉게 하는
이가 끼어 있을 때가 있습니다. 평소에 잘 대해 주고 싶
다가도 얄밉게 구는 모습을 보면 괘씸한 마음이 들기도
하지요. 이 시조에는 얄미운 개가 익살스럽게 나오고 있는데요. 이
개는 미운 임이 오면 꼬리를 치며 반기고 사랑하는 임이 오면 짖어
대고 있습니다. 설마 얄밉게 구는 이 개 때문에 사랑하는 임이 오지
않고 있는 것일까요. 아무리 애타게 기다려도 오지 않는 임을 원망
하다 괜히 애꿎은 개에 못마땅한 마음을 전가하고 있는 것은 아닐
까요. 화자는 밥이 쉬어 남아돌아도 얄미운 개에게 주고 싶지 않다
는 마음을 드러냅니다.

「개를 여남은이나 기르되」를 읽고 다음 문장 중 맞는 것에는 ○를,
틀린 것에는 × 표시를 해 볼까요?

1. 화자는 개를 원망하고 있다. ( )
2. 의성어와 의태어를 사용하고 있다. ( )
3. 현학적인 표현 방법을 동원하여 임을 비판하고 있다. ( )

3부

들판이 적막하다

서시

● 윤동주

죽는 날까지 하늘을 우러러
한 점 부끄럼이 없기를,
잎새에 이는 바람에도
나는 괴로워했다.
별을 노래하는 마음으로
모든 죽어 가는 것을 사랑해야지
그리고 나한테 주어진 길을
걸어가야겠다.

오늘 밤에도 별이 바람에 스치운다.

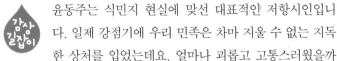

윤동주는 식민지 현실에 맞선 대표적인 저항시인입니다. 일제 강점기에 우리 민족은 차마 지울 수 없는 지독한 상처를 입었는데요. 얼마나 괴롭고 고통스러웠을까요. 시인은 「서시」를 통해 식민지 조국의 암울한 현실에서 결코 부끄럽지 않은 삶을 살아가기를 간절히 소망합니다. "모든 죽어 가는 것을 사랑"하며 "나한테 주어진 길"을 기어이 가고자 하는 의지를 드러냅니다. '밤'은 컴컴하고 쓸쓸한 현실이자 절망적인 상태의 현실이고, 마지막 행의 '바람'은 넘어서야 할 시련이자 고난일 텐데요. 시인은 암담한 현실을 굳은 의지로 이겨 내고 자신의 길을 끝끝내 가고자 합니다.

다음 중 「서시」 5행의 "별을 노래하는 마음"과 거리가 먼 마음에 ∨ 표를 해 보세요.

① 희망을 노래하는 마음　② 이상적인 삶을 추구하는 마음
③ 양심을 지키며 살아가는 마음　④ 절망하고 좌절하는 마음
⑤ 순수하게 살아가는 마음

들판이 적막하다

● 정현종

가을 햇볕에 공기에
익는 벼에
눈부신 것 천지인데,
그런데,
아, 들판이 적막하다―
메뚜기가 없다!

오 이 불길한 고요―
생명의 황금 고리가 끊어졌느니……

감상
길잡이
정말 메뚜기는 어디로 갔을까요? 어디 메뚜기뿐인가요? 꿀벌, 나비, 반딧불, 하늘소, 쇠똥구리 등 많은 곤충들이 지구 온난화와 환경 오염의 영향으로 사라지고 있습니다. 곤충은 생태계의 먹이 그물에서 1차 소비자로 활동하는데요. 곤충이 사라진다는 것은 지구 생태계의 먹이 그물이 토대부터 흔들린다는 뜻이지요. 「들판이 적막하다」는 생태계의 파괴로 인해 우리가 재앙을 입을 수 있음을 경고하는 시입니다. 눈부신 가을 들판에서 가장 쉽게 볼 수 있었던 곤충은 바로 풀쩍풀쩍 뛰는 '메뚜기'였어요. 그런데 화자는 이 황금 들판에 메뚜기가 없는 것을 보고 충격에 빠진 후 불길한 느낌에 휩싸이지요. 하나의 쇠사슬처럼 연결된 "생명의 황금 고리"가 끊어졌고 이것이 가져올 대재앙을 걱정하면서……

메뚜기는 예전엔 벼에 피해를 주는 곤충으로 여겼는데, 요즘엔 건강한 논 생태의 지표가 되었어요. 「들판이 적막하다」에서 '메뚜기'는 '생명의 황금 고리'에서 무슨 역할을 하며, 시인의 창작 의도는 무엇인지 생각해 봅시다.

묵화(墨畵)

● 김종삼

물 먹는 소 목덜미에
할머니 손이 얹혀졌다.
이 하루도
함께 지났다고,
서로 발잔등이 부었다고,
서로 적막하다고,

의지할 곳 없이 혼자 지내야 한다면 얼마나 외롭고 힘들까요. 할머니와 소는 함께 지내는 가족이나 마찬가지로 보이는데요. 소는 낮 동안 쟁기를 끌며 밭이나 논을 가는 일을 했을 것입니다. 소의 목덜미에 손을 올리고 있는 할머니는 어땠을까요. 서로의 '발잔등'이 부어 있는 걸 보니 할머니도 소와 마찬가지로 종일 들판에 나가 일을 한 모양입니다. 이 시는 그런 모습을 생략한 채 절제된 언어로 소와 할머니를 간결하게 그려 내고 있습니다. 마치 여백의 미가 돋보이는 한 폭의 수묵화를 보고 있는 듯한 느낌이 드는데요. 물을 먹고 있는 소와 소의 목덜미에 손을 얹고 있는 할머니는 서로에게 위로가 되고 있습니다.

「묵화」에서 할머니와 소가 서로 바라보며 느꼈을 감정을 사자성어로 표현한다면 '동병상련(同病相憐)' 정도가 적당하지 않을까 싶은데요. 동병상련의 뜻을 찾아 적어 보세요.

산에 언덕에

● 신동엽

그리운 그의 얼굴 다시 찾을 수 없어도
화사한 그의 꽃
산에 언덕에 피어날지어이.

그리운 그의 노래 다시 들을 수 없어도
맑은 그 숨결
들에 숲속에 살아갈지어이.

쓸쓸한 마음으로 들길 더듬는 행인(行人)아.

눈길 비었거든 바람 담을지네
바람 비었거든 인정 담을지네.

그리운 그의 모습 다시 찾을 수 없어도
울고 간 그의 영혼
들에 언덕에 피어날지어이.

● 행인 길을 가는 사람.

"피어날지어이", "살아갈지어이". 'ㄹ지어이'라는 말
의 반복이 예스러운 분위기를 만들면서 강한 여운으로
남습니다. 말하는 이의 소망이 꼭 이루어질 것이라는
강한 믿음을 주면서요. 이 시의 화자는 '그'의 얼굴을 애타게 그리
워하는 사람이지요. 떠나간 '그'의 모습을 다시 볼 수 없고 또 '그'
의 목소리를 다시 들을 수도 없어요. "쓸쓸한 마음으로 들길 더듬
는 행인"과 서로 비슷한 정서를 갖고 있는 사람이기도 해요. 화자
가 이토록 그리워하는 '그'는 누구일까요? "울고 간 그의 영혼"이
란 구절에서 짐작할 수 있듯이 불행하고 슬프게 세상을 떠난 사람
이겠지요. 화자는 '그'가 이 땅의 산에 언덕에 피어나 '그'의 영혼이
계속 후세에 이어지기를 간절히 바라고 있어요. 마땅히 꼭 그렇게
되리라고 굳게 믿고 있지요.

「산에 언덕에」가 발표된 1960년대 초는 4·19혁명이 일어난 직후입니
다. 역사적 배경을 참고하여 "그리운 그"는 누구일지 생각해 봅시다.

성북동 비둘기

• 김광섭

성북동 산에 번지가 새로 생기면서
본래 살던 성북동 비둘기만이 번지가 없어졌다
새벽부터 돌 깨는 산울림에 떨다가
가슴에 금이 갔다
그래도 성북동 비둘기는
하느님의 광장 같은 새파란 아침 하늘에
성북동 주민에게 축복의 메시지나 전하듯
성북동 하늘을 한 바퀴 휘돈다

성북동 메마른 골짜기에는
조용히 앉아 콩알 하나 찍어 먹을
널찍한 마당은커녕 가는 데마다
채석장 포성이 메아리쳐서
피난하듯 지붕에 올라앉아
아침 구공탄 굴뚝 연기에서 향수를 느끼다가
산 1번지 채석장에 도로 가서
금방 따 낸 돌 온기에 입을 닦는다

예전에는 사람을 성자(聖者)처럼 보고

사람 가까이

사람과 같이 사랑하고

사람과 같이 평화를 즐기던

사랑과 평화의 새 비둘기는

이제 산도 잃고 사람도 잃고

사랑과 평화의 사상까지

낳지 못하는 쫓기는 새가 되었다

• **채석장** 건축 재료로 쓸 돌을 캐거나 떠 내는 곳. 다이너마이트 등 폭약을 사용해 캐낸다.
• **구공탄** 구멍이 뚫린 연탄을 통틀어 이르는 말. 십구공탄(열아홉 개의 구멍이 뚫린 연탄).

무분별한 개발로 인해 살 곳을 잃은 이는 어떻게 살아가야 하는 걸까요. 거대한 힘을 가진 인간이 자연을 마구잡이로 훼손하는 탓에 비둘기는 삶의 터전을 잃고 맙니다. 한번 파괴된 자연은 회복이 쉽지 않지요. 돌을 깨는 굉음에 놀란 비둘기가 어수선하게 날아오르는 모습이 안타깝기만 합니다. 비둘기는 이제 사람을 "성자처럼" 보지 않을 것 같은데요. 사람 곁에서 "사람과 같이 사랑하고/사람과 같이 평화를 즐기던" 비둘기는 어느새 "산도 잃고 사람도 잃고" 쫓기고 맙니다. 산업화이든 도시화이든 현대화이든 힘없는 존재와 자연을 생각하면서 진행하면 좋겠습니다.

 「성북동 비둘기」 2연의 "채석장 포성"과 같이 '인간에 의한 자연의 파괴'를 청각적 이미지로 형상화하고 있는 3어절의 시구를 1연에서 찾아 써 보세요.

돼지고기 두어 근 끊어 왔다는 말

● 안도현

어릴 때, 두 손으로 받들고 싶도록 반가운 말은 저녁 무렵 아버지가 돼지고기 두어 근 끊어 왔다는 말

정육점에서 돈 주고 사 온 것이지마는 칼을 잡고 손수 베어 온 것도 아니고 잘라 온 것도 아닌데

신문지에 둘둘 말린 그것을 어머니 앞에 툭 던지듯이 내려놓으며 한마디, 고기 좀 끊어 왔다는 말

가장으로서의 자랑도 아니고 허세도 아니고 애정이나 연민 따위 더더구나 아니고 다만 반갑고 고독하고 왠지 시원시원한 어떤 결단 같아서 좋았던, 그 말

남의 집에 세 들어 살면서 이웃에 고기 볶는 냄새 퍼져 나가 좋을 거 없다, 어머니는 연탄불에 고기를 뒤적이며 말했지

그래서 냄새가 새어 나가지 않게 방문을 꼭꼭 닫고 볶은 돼지고기를 씹으며 입안에 기름 한입 고이던 밤

어떤 말은 사라지지 않고 오래 남습니다. 화자는 어린 시절, 아버지가 했던 "돼지고기 두어 근 끊어 왔다는 말"을 잊지 않고 기억해 내 따뜻하고도 애틋하게 보여 주고 있습니다. 아버지가 하던 그 말이 얼마나 반가웠으면 두 손을 내밀어 받들고 싶었을까요. 지금과는 달리 정육점에서 고기를 신문 지에 말아 손님에게 건네주던 시절이 있었는데요. 아버지가 신문지 에 둘둘 말린 고기를 들고 집으로 들어서는 모습이 영화의 한 장면 처럼 선명하게 보이는 듯합니다. 남의 집에 세 들어 사는 형편이니 평소엔 고기를 쉬 접하지도 못했을 텐데요. 넉넉하지 못한 식구들 이 문을 꼭 닫고 모여 앉아 돼지고기를 먹는 모습이 눈에 선하기만 합니다.

 어머니는 왜 "이웃에 고기 볶는 냄새 퍼져 나가 좋을 거 없다"고 하 셨을까요?

제망매가(祭亡妹歌)

● 월명사

생사(生死) 길은
예 있으매 머뭇거리고
나는 간다는 말도
못다 이르고 어찌 갑니까.
어느 가을 이른 바람에
이에 저에 떨어질 잎처럼
한 가지에 나고
가는 곳 모르온저.
아아, 미타찰(彌陀刹)에서 만날 나
도(道) 닦아 기다리겠노라.

● **제망매가** 죽은 누이동생을 추모하는 노래. '제망매'는 죽은 누이동생을 추모한다는 뜻.
● **예** '여기에'의 준말. 이승. 이 세상.
● **한 가지** 여기서는 '같은 부모'를 뜻함.
● **모르온저** 모르겠구나.
● **미타찰** 아미타불이 있는 서방 정토, 즉 극락세계를 말함.

사람은 한번 태어나면 언젠가는 죽을 수밖에 없는 운명을 지니고 살아가지요. 여기, 핏줄을 나눈 남매 중 먼저 세상을 떠난 이가 있는데요. 이 시의 화자는 죽은 누이를 사무치게 그리워하고 있습니다. "나는 간다는 말도/못다 이르고 어찌 갑니까"에서 보듯이 갑작스러운 누이와의 이별은 화자에게 아쉬움과 안타까움을 주고 화자를 슬픔에 잠기게 하네요. 하지만 화자는 절망에만 빠져 있지 않지요. 미타찰(불교적 사후 세계)에서 누이를 만나기 위해 열심히 '도(道)'를 닦으며 기다리겠다고 했으니까요. 「제망매가」는 신라 경덕왕 때에 승려였던 월명사가 이른 나이에 죽은 누이의 넋을 위로하기 위해 지은 노래(향가)예요. 이 노래를 부르자 바람이 불어와 종이돈을 날려 보냈다는 설화가 함께 전해지고 있지요.

 「제망매가」에서 "어느 가을 이른 바람에/이에 저에 떨어질 잎처럼"은 무엇을 뜻하는 표현인지 생각해 봅시다.

청산별곡(靑山別曲) 제1연

● 지은이 모름

살어리 살어리랏다
청산에 살어리랏다
머루랑 다래랑 먹고
청산에 살어리랏다
얄리얄리 얄랑성 얄라리 얄라

● **살어리랏다** 살고 싶구나. 살겠노라.
● **얄리얄리 얄랑성 얄라리 얄라** 음악적 효과를 위한 후렴구. 별다른 뜻이 없음.

지은이를 알 수 없는 고려 가요 「청산별곡」은 전체 8연으로 이루어져 있습니다. 여기에서는 제1연만 보여 주고 있지요. 화자는 '청산'에 살고 싶어 하는데요. 청산은 어디일까요. 아무래도 청산은 현실의 도피처이자 이상향의 세계를 말하고 있는 것 같습니다. 화자는 어떤 존재이기에 속세를 벗어나고자 하는 걸까요. 화자를 정처 없이 떠도는 백성이나 고뇌하는 지식인으로 봐도 될 것 같고 실연의 아픔을 간직한 사람으로 봐도 될 것 같은데요. 화자는 현실 공간을 벗어나 '머루'와 '다래'를 먹으며 살고자 합니다. "얄리얄리 얄랑셩 얄라리 얄라"는 특별한 뜻이 없는 후렴구인데요. 리듬감을 형성하고 있습니다.

활동 「청산별곡」에서 현실과 대조되는 공간이자 이상적인 세계를 의미하는 시어를 찾아보세요.

천만리 머나먼 길에

● 왕방연

천만리 머나먼 길에 고운 님 여의옵고
내 마음 둘 데 없어 냇가에 앉아시니
저 물도 내 안 같아야 울어 밤길 예놋다

현대어 풀이

천만리 머나먼 길에 고운 임(임금)을 이별하고
내 슬픈 마음을 누를 길 없어 냇가에 앉아 있으니
저 물도 내 마음속같이 슬픈지 울면서 밤길을 가는구나

● **여의옵고** 이별하고.
● **예놋다** 가는구나. 가도다.

조선의 단종이 세조에게 왕위를 뺏기고 상왕으로 있을 때, 사육신을 중심으로 한 단종 복위 사건이 발각되어 단종은 강원도 영월에 유배되지요. 세조는 당시 17세였던 단종에게 사약을 내리는데, 그 임무를 맡은 이가 바로 금부도사 왕방연이에요. 왕방연은 단종에게 차마 사약을 내리지 못한 채 괴로워했고, 옆에 있던 하인이 달려들어 단종의 목을 조르고 말았다고 해요. 왕방연이 한양으로 돌아가는 길에 영월 청령포를 바라보고 눈물을 흘리며 읊은 시조가 바로 이 작품입니다. 이 시조는 천만리 머나먼 길에 임(단종)을 이별하고 마음이 너무 괴로운 나머지 냇가에 앉아 있노라니, 흘러가는 냇물도 내 맘 같아 울면서 밤길을 간다는 내용이지요. 금부도사로서의 죄책감과 단종에 대한 가엾음이 잘 나타나 있네요.

 「천만리 머나먼 길에」에서 화자는 '흐르는 시냇물'에 자신의 감정을 불어넣어 표현하고 있습니다. 그리하여 화자와 시냇물을 동일시('시냇물 흐르는 소리'를 '화자의 울음소리'로 여김)하고 있지요. 이 시의 화자처럼 사물에 정서를 불어넣어 한 편의 모방 시조를 써 봅시다.

내 마음 베어 내어

● 정철

내 마음 베어 내어 저 달을 만들고자
구만리장천(九萬里長天)에 번듯이 걸려 있어
고운 님 계신 곳에 가 비추어나 보리라

현대어 풀이

내 마음을 베어 내어 저 달을 만들고 싶다
아득히 높고 먼 하늘에 번듯이 걸려 있으면서
임 계신 곳에 가서 환하게 비추어나 보았으면 한다

● **구만리장천** 아득히 높고 먼 하늘.
● **고운 님** 여기서는 '임금님'을 뜻함.

'고운 님'을 '임금님'으로 보지 않고 그리움과 사랑의 대상인 순수한 '임'으로 여기며 시를 음미하다 보면 어쩐지 가슴이 뛰고 설레는데요. 대체 얼마만큼이나 사랑이 깊어야 마음을 오려 내 달을 만들고 싶다는 생각에 다다를 수 있는 걸까요. 정철의 「내 마음 베어 내어」는 선조 임금에 대한 염려와 사랑을 담고 있습니다. 화자와 임은 얼마나 먼 거리를 두고 떨어져 있는 걸까요. '구만리장천'은 화자와 임금의 정서적인 거리로 읽히는데요. 달을 통해 전하고자 하는 충정의 마음과 임금을 그리워하는 마음이 끝없이 높고 넓은 하늘로 번져 나가고 있는 것만 같습니다.

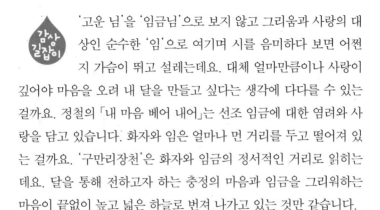

 「내 마음 베어 내어」에서 임에 대한 사랑과 그리움을 드러내기 위해 사용한 구체적인 소재는 무엇인가요?

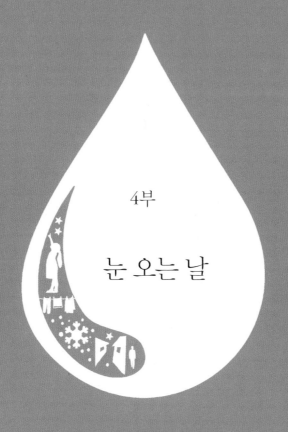

4부

눈 오는 날

눈 오는 날

● 이정하

눈 오는 날엔
사람과 사람끼리 만나는 게 아니라
마음과 마음끼리 만난다.
그래서 눈 오는 날엔
사람은 여기 있는데
마음은 딴 데 가 있는 경우가 많다.

눈 오는 날엔 그래서
마음이 아픈 사람이 많다.

눈이 오면 제일 먼저 무엇을 하고 싶나요? 무얼 하든지 눈 오는 날은 마냥 기분이 좋아진 적이 많을 거예요. 좋아하는 사람을 만나 눈싸움도 하고 눈을 맞으며 저물도록 함께 있으면 더 바랄 것이 없겠지요. 「눈 오는 날」은 몸은 여기 있는데 마음은 '딴 데'에 가 있는 경우를 보여 줍니다. 여러분은 이런 경험이 있는지요? 여기서 '딴 데'는 어디를 말하는 걸까요. 속마음을 함께 나누고 싶지만 멀리에 있어 그리운 사람. 그래서인지 자꾸만 쓸쓸하고 마음 한구석이 횡해지지요. 함박눈이 쌓이듯 그리움을 마음에 켜켜이 쌓이게 하는 그 사람. 눈이 세상을 덮어 주고 가려 주지만 한 사람의 허전하고 아픈 마음까지는 어찌할 수 없나 봅니다.

 눈 오는 날이 아니어도 좋아요. 사람들과 어울리고는 있지만, 마음은 딴 데 가 있었던 경험을 말해 봅시다.

멧새 소리

● 백석

처마 끝에 명태를 말린다
명태는 꽁꽁 얼었다
명태는 길다랗고 파리한 물고긴데
꼬리에 길다란 고드름이 달렸다
해는 저물고 날은 다 가고 볕은 서러웁게 차갑다
나도 길다랗고 파리한 명태다
문턱에 꽁꽁 얼어서
가슴에 길다란 고드름이 달렸다

● **파리한** 몸이 마르고 핏기가 전혀 없는.

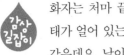 화자는 처마 끝에 걸린 명태를 바라보고 있습니다. 명태가 얼어 있는 걸 보니 아직 다 마르지 않은 명태인 것 같은데요. 날이 얼마나 추운 걸까요. 명태 "꼬리에 길다란 고드름"이 달려 있습니다. 1행에서 4행까지는 처마 끝에서 말려지는 명태를 묘사해 보여 주고 있는데요. 5행에서의 화자는 서럽고 차갑다는 감정을 드러내고 있습니다. 6행에서는 "나도 길다랗고 파리한 명태다"라고 하며 명태와 자신을 동일시하고 있습니다. 문턱에 얼어붙어 "가슴에 길다란 고드름"을 달고 있는 존재는 화자일까요, 명태일까요. 화자는 명태뿐 아니라 자신도 명태와 같이 꽁꽁 얼어 있는 처지라는 것을 말해 주고 있습니다.

 「멧새 소리」에서 시간적 배경이 드러나는 시행에 밑줄을 그어 볼까요?

수라(修羅)

● 백석

거미새끼 하나 방바닥에 나린 것을 나는 아모 생각 없이 문
밖으로 쓸어 버린다
차디찬 밤이다

어니젠가 새끼거미 쓸려 나간 곳에 큰 거미가 왔다
나는 가슴이 짜릿한다
나는 또 큰 거미를 쓸어 문밖으로 버리며
찬 밖이라도 새끼 있는 데로 가라고 하며 서러워한다

이렇게 해서 아린 가슴이 싹기도 전이다
어데서 좁쌀알만 한 알에서 가제 깨인 듯한 발이 채 서지도
못한 무척 작은 새끼거미가 이번엔 큰 거미 없어진 곳으로
와서 아물거린다
나는 가슴이 메이는 듯하다
내 손에 오르기라도 하라고 나는 손을 내어미나 분명히 울
고불고할 이 작은 것은 나를 무서우이 달어나 버리며 나를 서
럽게 한다
나는 이 작은 것을 고이 보드러운 종이에 받어 또 문밖으

로 버리며

　이것의 엄마와 누나나 형이 가까이 이것의 걱정을 하며 있
다가 쉬이 만나기나 했으면 좋으련만 하고 슬퍼한다

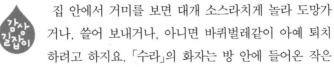

집 안에서 거미를 보면 대개 소스라치게 놀라 도망가거나, 쓸어 보내거나, 아니면 바퀴벌레같이 아예 퇴치하려고 하지요. 「수라」의 화자는 방 안에 들어온 작은 거미 한 마리를 별생각 없이 쓸어 버립니다. 그런데 어미로 보이는 거미가 또 오자 "가슴이 짜릿한다"고 말합니다. 마음에 동요가 일면서 짠한 마음이 들었나 봐요. 다음엔 "좁쌀알만 한 알에서 가제 깨인 듯한 발이 채 서지도 못한 무척 작은 새끼거미"가 보여요. 상황은 화자의 마음을 더 무겁게 하지요. 어린 거미를 위해 화자가 할 수 있는 일은 "이것의 엄마와 누나나 형이 (…) 쉬이 만나기"를 바라며 문밖으로 보내는 것뿐. 시인의 무심한 행동으로 거미 가족은 뿔뿔이 흩어지고 말았네요. 거미 입장에서 이것은 큰 난리예요. '아수라(阿修羅)' 같은 생지옥이지요. 거미에 대한 시인의 연민의 정에 고개가 숙여집니다.

「수라」의 화자처럼 어떤 일을 '별생각 없이' 했다가 혼란한 상태를 야기한 적이 있는지 생각해 봅시다.

빨래꽃

● 유안진

이 마을도 비었습니다
국도에서 지방도로 접어들어도 호젓하지 않았습니다
폐교된 분교를 지나도 빈 마을이 띄엄띄엄 추웠습니다
그러다가 빨래 널린 어느 집은 생가(生家)보다 반가웠습니다
빨랫줄에 줄 타던 옷가지들이 담 너머로 윙크했습니다
초겨울 다저녁때에도 초봄처럼 따뜻했습니다
꽃보다 꽃다운 빨래꽃이었습니다
꽃보다 향기로운 사람 냄새가 풍겼습니다
어디선가 금방 개 짖는 소리도 들린 듯했습니다
온 마을이 꽃밭이었습니다
골목길에 설핏 빨래 입은 사람들은 더욱 꽃이었습니다
사람보다 기막힌 꽃이 어디 또 있습니까
지나와 놓고도 목고개는 자꾸만 뒤로 돌아갔습니다.

● 다저녁때 저녁이 다 된 때.

사람이 보이지 않는 마을은 얼마나 허전하고 쓸쓸할까요. 화자는 비어 있는 마을과 이미 폐교가 된 분교를 지나고 있습니다. 그러다가 빨래가 널려 있는 집을 발견하고는 무척 반가워하는데요. 빨랫줄에 걸려 있는 옷이 "담 너머로 윙크"를 하고 있습니다. 빨래가 얼마나 반가웠으면 초겨울이 초봄처럼 따뜻하게 느껴질까요. 빨래를 꽃으로 보는 화자의 시선도 꽃처럼 예쁘고 환해 보이기만 합니다. "꽃보다 꽃다운 빨래꽃"에서 "꽃보다 향기로운 사람 냄새"가 풀풀 풍기고 있습니다. 급기야 빨래가 마을을 온통 꽃밭으로 만들고 있는데요. 사람보다 향기롭고 아름다운 꽃은 세상에 없을 것 같습니다.

「빨래꽃」에서 사람이야말로 어떤 꽃과도 비교할 수 없을 만큼 대단하고 소중하다는 것을 강조하기 위해 의문의 형식을 사용하고 있는 시행을 찾아보세요.

얼굴반찬

● 공광규

옛날 밥상머리에는
할아버지 할머니 얼굴이 있었고
어머니 아버지 얼굴과
형과 동생과 누나의 얼굴이 맛있게 놓여 있었습니다
가끔 이웃집 아저씨와 아주머니
먼 친척들이 와서
밥상머리에 간식처럼 앉아 있었습니다
어떤 때는 외지에 나가 사는
고모와 삼촌이 외식처럼 앉아 있기도 했습니다
이런 얼굴들이 풀잎반찬과 잘 어울렸습니다

그러나 지금 내 새벽 밥상머리에는
고기반찬이 가득한 늦은 저녁 밥상머리에는
아들도 딸도 아내도 없습니다
모두 밥을 사료처럼 퍼 넣고
직장으로 학교로 동창회로 나간 것입니다
밥상머리에 얼굴반찬이 없으니
인생에 재미라는 영양가가 없습니다.

여러분은 아침 밥상머리에 누구와 함께 앉나요? 혹 이 시의 화자처럼 차가운 식탁에 혼자 앉아 아침을 먹고 나온 것은 아닌가요. 화자가 어렸을 적에는 할아버지와 할머니, 부모님, 형제자매가 늘 밥상머리에 함께해서 훈훈한 정이 오갔지요. 게다가 가끔 먼 곳에서 반가운 고모나 삼촌도 찾아와 밥상머리의 '얼굴반찬'이 되어 주었으니, '풀잎반찬'을 먹더라도 사는 맛이 있었지요. 하지만 세월이 흘러 아내와 자식을 둔 화자는 밥상머리에 '고기반찬'이 가득해도 '인생의 재미'를 느끼지 못하고 있습니다. 밥상머리에서 서로 얼굴을 쳐다보며 정을 나눌 수 없으니까요. 아침저녁으로 식구끼리 모여 오순도순 밥을 먹는 일이 어려워진 세상인데요. 각자의 생활 패턴이나 생활 리듬에 따라 제각각 식사를 해결하는 데 익숙해진 현대인의 삶을 돌아보게 합니다.

 「얼굴반찬」에서 '얼굴반찬'은 무엇을 의미하는지 생각해 봅시다.

광화문, 겨울, 불꽃, 나무

● 이문재

해가 졌는데도 어두워지지 않는다
겨울 저물녘 광화문 네거리
맨몸으로 돌아가 있는 가로수들이
일제히 불을 켠다 나뭇가지에
수만 개 꼬마전구들이 들러붙어 있다
불현듯 불꽃나무! 하며 손뼉을 칠 뻔했다

어둠도 이젠 병균 같은 것일까
밤을 끄고 휘황하게 낮을 켜 놓은 권력들
내륙 한가운데에 서 있는
해군 장군의 동상도 잠들지 못하고
문 닫은 세종문화회관도 두 눈 뜨고 있다

엽록소를 버린 겨울나무들
한밤중에 이상한 광합성을 하고 있다
광화문은 광화문(光化門)
뿌리로 내려가 있던 겨울나무들이
저녁마다 황급히 올라오고

겨울이 교란당하고 있는 것이다
밤에도 잠들지 못하는 사람들
광화문 겨울나무 불꽃나무들

날이 저물면 나무들도 어둠에 들어 쉬어야 할 텐데요. 광화문 네거리에 서 있는 가로수에 불이 켜지고 있습니다. 이미 이파리를 떨어뜨린 겨울나무에 감겨 불을 밝히고 있는 "수만 개 꼬마전구들"은 얼마나 눈부시고 화려해 보일까요. 화자는 전구를 켜고 있는 나무를 '불꽃나무'라 부르고 있습니다. 인간의 욕심 때문에 나무는 밤이 되어도 여전히 낮에 머물러 있는 셈이지요. 겨울나무들은 얼마나 괴롭고 혼란스러울까요. 인간의 이기심이 자연 생태계를 교란하고 있습니다. 밤에는 사람도 나무도 좀 쉬면 좋겠는데요. 자연이 받는 고통이 인간에게 되돌아올지도 모르겠습니다.

 가지마다 불이 켜진 전구를 칭칭 감은 채로 밤을 보내는 가로수의 입장이 되어 인간에게 하고 싶은 말을 해 보면서 자연의 이치에 대해 생각해 보는 건 어떨까요?

가난한 사랑 노래
– 이웃의 한 젊은이를 위하여

● 신경림

가난하다고 해서 외로움을 모르겠는가
너와 헤어져 돌아오는
눈 쌓인 골목길에 새파랗게 달빛이 쏟아지는데.
가난하다고 해서 두려움이 없겠는가
두 점을 치는 소리
방범대원의 호각 소리 메밀묵 사려 소리에
눈을 뜨면 멀리 육중한 기계 굴러가는 소리.
가난하다고 해서 그리움을 버렸겠는가
어머님 보고 싶소 수없이 뇌어 보지만
집 뒤 감나무에 까치밥으로 하나 남았을
새빨간 감 바람 소리도 그려 보지만.
가난하다고 해서 사랑을 모르겠는가
내 볼에 와 닿던 네 입술의 뜨거움
사랑한다고 사랑한다고 속삭이던 네 숨결
돌아서는 내 등 뒤에 터지던 네 울음.
가난하다고 해서 왜 모르겠는가
가난하기 때문에 이것들을

이 모든 것들을 버려야 한다는 것을.

이 시 화자의 반복되는 물음에 이렇게 말해 주고 싶어요. "가난하다고 해서 외로움이나 두려움, 그리움이나 사랑, 이 모든 것들을 모를까요? 아니요, 그럴 리가요. 당신은 결코 모를 리 없어요." 화자는 가난 때문에 사람에게 가장 소중한 감정을 잃어버리고 살아야 하는 안타까운 현실을 호소하고 있어요. 하지만 가난하기 때문에 이 모든 것을 버려야 한다는 화자의 슬픈 목소리에서 가난하지만 결코 버리면 안 된다는 간절한 의지 또한 느껴져요. 「가난한 사랑 노래」는 시인이 노동 운동을 하다 쫓겨 다니는 어느 젊은 부부의 결혼식 주례를 맡아 축시로 쓴 시라고 합니다. 고향을 떠나 도시 노동자로 가난하고 외롭게 살아가는 젊은이의 삶과 목소리를 담고 있지요.

 「가난한 사랑 노래」가 발표된 1980년대의 젊은이들이 처한 현실과, 그로부터 40여 년이 지난 지금의 젊은이들이 처한 현실을 비교해 봅시다.

행복

• 나태주

저녁때
돌아갈 집이 있다는 것

힘들 때
마음속으로 생각할 사람이 있다는 것

외로울 때
혼자 부를 노래가 있다는 것.

행복한 하루인가요, 불행한 하루인가요. 같은 하루이지만 누군가는 만족할 만큼 즐겁고 기쁜 하루를 보내고 또 누군가는 만족스럽지 못한 하루를 보냅니다. 나태주 시인의 「행복」을 마음 안쪽으로 들이다 보니 메말랐던 감성이 살아나면서 어쩐지 조금은 더 행복해지는 것 같은 느낌이 드는데요. 저녁이 되어 "돌아갈 집이 있다는 것"이 새삼 얼마나 큰 행복인지 알게 됩니다. 힘든 일이 생겼을 때 "마음속으로 생각할 사람이 있다는 것"을 떠올리면서 힘겨운 시간을 의연하게 넘길 수도 있을 것 같습니다. 세상에는 외롭지 않은 사람이 없을 것 같은데요. "혼자 부를 노래가 있다는 것"도 행복이 아닐 수 없습니다.

 우리도 시인처럼 '행복'에 대해 생각해 보면 좋을 것 같은데요. 아래 예시와 같이 괄호 안을 채워 문장을 완성해 보세요.

〔예시〕 행복하다는 것은 학교 끝났을 때 단짝과 함께 갈 떡볶이 집이 있다는 것.

• 행복하다는 것은 (   )
• 행복하다는 것은 (   )

딸을 위한 시

• 마종하

한 시인이 어린 딸에게 말했다.
'착한 사람도, 공부 잘하는 사람도 다 말고
관찰을 잘하는 사람이 되라고.
겨울 창가의 양파는 어떻게 뿌리를 내리며
사람들은 언제 웃고, 언제 우는지를.
오늘은 학교에 가서
도시락을 안 싸 온 아이가 누구인지 살펴서
함께 나누어 먹기도 하라고.'

이 시는 화자가 '한 시인'의 말을 전해 주는 내용이 전부입니다. 화자가 아는 '한 시인'은 어린 딸에게 "관찰을 잘하는 사람"이 되라고 하네요. 자녀에게 주위를 관찰하게 하는 것은 이 세상에 나 아닌 다른 존재가 살고 있음을 가르치는 것이지요. 하지만 우리 현실은 어떤가요? 보통 공부를 잘하는 사람이 되라고 하지요. 혹독한 경쟁 사회에서 살아남으려면 남보다 더 잘해야 하고, 더 잘하기 위해 아이들은 경쟁의 늪으로 계속 빠져들게 됩니다. 여러분의 부모님은 여러분에게 어떤 사람이 되라고 하시나요? 화자는 '한 시인'의 말을 통해 자신이 바라는 아이의 모습을 간접적으로 드러내고 있지요. 자연과 이웃에 관심을 갖고 친구들과 기쁨·슬픔을 함께 나눌 줄 아는 아이. 이런 아이들이 많아져 우리가 사는 세상이 더 행복해졌으면 좋겠어요.

 여러분의 부모님(또는 조부모님)은 여러분에게 어떤 사람이 되라고 하시는지, 그리고 그 이유는 무엇인지 말해 봅시다.

단심가(丹心歌)

● 정몽주

이 몸이 죽고 죽어 일백 번 고쳐 죽어
백골(白骨)이 진토(塵土) 되어 넋이라도 있고 없고
임 향한 일편단심(一片丹心)이야 가실 줄이 있으랴

현대어 풀이

이 몸이 죽고 또 죽어 백 번이나 다시 죽어
백골이 흙과 먼지가 되어 넋이야 있건 없건
임을 향한 붉은 마음이야 변할 리가 있으랴

• **백골** 죽은 사람의 몸이 썩고 남은 뼈.
• **진토** 티끌과 흙.
• **일편단심** 한 조각의 붉은 마음이라는 뜻으로, 진심에서 우러나오는 변치 아니하는 마음을 이르
 는 말.
• **가실 줄이 있으랴** 변할 리가 있겠는가.

고려 말 새로운 왕조를 꿈꾸던 이방원이 정몽주의 마음을 떠보고 회유하기 위해 「하여가」를 지었는데, 이에 답하기 위해 지어진 시조가 바로 「단심가」입니다. 임금이나 국가에 대하여 마음 깊은 곳에서 진심으로 우러나오는 마음을 충성심이라고 하지요. 이 시조에는 그러한 마음이 잘 드러나 있습니다. 짐작하고 있겠지만 '임'은 '고려 왕조'를 말하는데요. 화자는 한 번이 아니라 백 번을 거듭해 죽는다고 해도 임금과 고려에 대한 충절은 변치 않을 거라 합니다. 이뿐만 아니라 백골이 흙먼지 되어 날리고 넋이 사라지는 지경에 다다른다 해도 결코 임을 향한 마음은 달라지지 않을 거라 하는데요. 고려 왕조를 향한 정몽주의 충정이 단호하기만 합니다.

 고려 왕조에 대한 변함없는 충심을 드러내고 있는 시어를 찾아보세요.

까마귀 눈비 맞아

● 박팽년

까마귀 눈비 맞아 희는 듯 검노매라
야광명월(夜光明月)이야 밤인들 어두우랴
임 향한 일편단심이야 변할 줄이 있으랴

현대어 풀이

까마귀가 눈비를 맞아 희어지는 듯하더니 도로 검어지는
구나
　야광 구슬과 명월 구슬이 밤이라고 해서 어두울 까닭이 있
으랴
　임을 향한 붉은 마음이야 변할 리가 있으랴

● **희는 듯 검노매라** 희어지는 듯하더니 이내 검어지는구나.
● **야광명월** 밤에도 빛이 난다는 구슬인 야광주(夜光珠)와 명월주(明月珠). 혹은 밤에 빛나는 밝은 달.
● **변할 줄이 있으랴** 변할 까닭이 있겠는가. 변할 리가 없다.

사육신(死六臣)이라는 말을 들어 본 적이 있을 거예요. 사육신은 세조 때 단종의 복위를 꾀하다 발각되어 처형되거나 스스로 목숨을 끊은 여섯 명의 신하를 가리켜요. 이 시조는 사육신의 한 명인 박팽년이 지은 것이에요. 그는 집현전 학자로 추앙을 받았는데 세조의 회유를 끝까지 거부하고 결국 옥중에서 죽었어요. 이 시조는 눈비를 맞아 겉은 하얀 것 같지만 속까지 흴 수 없는 '까마귀'와, 깜깜한 밤일지언정 밝고 환하게 빛이 나는 '야광명월'을 대조하여 임(단종)을 향한 화자의 변함없는 마음을 보여 줍니다. 이처럼 임금이나 나라에 대한 절개와 의리를 주제로 한 시나 시조를 절의가(節義歌)라고 합니다.

 「까마귀 눈비 맞아」에서 '까마귀'와 '야광명월'은 당시 조선의 정치 상황을 고려할 때, 각각 누구를 상징하는지 생각해 봅시다.

강은교 1945~ 시인. 함경남도 홍원에서 태어나 서울에서 자람. 연세대 영문과를 졸업하고 동아대 교수를 지냄. 1968년『사상계』 신인문학상으로 등단함. 시집으로 『허무집』『풀잎』『빈자 일기』『소리집』『오늘도 너를 기다린다』『그대는 깊디깊은 강』『벽 속의 편지』『어느 별에서의 하루』『등불 하나가 걸어오네』『초록 거미의 사랑』 등이 있음.

고재종 1957~ 시인. 전남 담양에서 태어남. 1984년 실천문학사의 신작 시집『시여 무기여』에 시를 발표하며 등단함. 시집『바람 부는 솔숲에 사랑은 머물고』『새벽 들』『사람의 등불』『날랜 사랑』『앞강도 야위는 이 그리움』『그때 휘파람새가 울었다』『쪽빛 문장』『꽃의 권력』 등이 있음.

권대웅 1962~ 시인. 서울에서 태어남. 1988년 조선일보 신춘문예에 시가 당선되어 등단함. 시집『당나귀의 꿈』『조금 쓸쓸했던 생의 한때』 등이 있음.

고정희 1948~1991 시인. 전남 해남에서 태어남. 한국신학대학 졸업. 1975년『현대문학』의 추천을 받아 등단함. 시집『누가 홀로 술틀을 밟고 있는가』『실락원 기행』『초혼제』『이 시대의 아벨』『눈물꽃』『지리산의 봄』『여성해방 출사표』『아름다운 사람 하나』『모든 사라지는 것들은 뒤에 여백을 남긴다』 등이 있음.

공광규 1960~ 시인. 서울에서 태어나 충남 청양에서 자람. 동국대 국문과 및 단국대 대학원 문예창작과 졸업. 1986년 월간『동서문학』으로 등단함. 시집『대학일기』『마른 잎 다시 살아나』『지독한 불륜』『소주병』『말똥 한 덩이』『담장을 허물다』 등이 있음.

김광섭 1906~1977 시인. 호는 이산(怡山). 함경북도 경성에서 태어남. 일본 와세다(早稻田) 대학 영문과 졸업. 1927년『해외문학』 동인으로 작품 활동 시작함. 일제 식민지 정책의 하나인 창씨개명에 반대하다가 옥고를 치름. 시집『동경』『마음』『해바라기』『성북동 비둘기』 등이 있음.

김상용 1902~1951 시인. 호는 월파(月波). 경기도 연천에서 태어남. 보성고등보통학교를 거쳐 일본 릿쿄(立敎) 대학 영문과 졸업. 이화여전 교수를 지냄. 시집『망향』이 있음.

김애란 시인. 경기도 광주에서 태어남. 1993년 월간『시문학』에 시가 당선되고 2005년 한국일보 신춘문예에 동시가 당선되어 등단함. 시집『내일 익다 만 풋사과 하나』, 청소년 시집『난 학교 밖 아이』, 동시집『아빠와 숨바꼭질』등이 있음.

김종삼 1921~1984 시인. 황해도 은율에서 태어남. 평양 광성보통학교 및 일본 도요 시마(豊島) 상업학교 졸업. 1951년 시「돌각담」을 발표하면서 작품 활동을 시작함. 시집 『십이음계(十二音階)』『시인학교』『북치는 소년』『누군가 나에게 물었다』등이 있음.

김춘수 1922~2004 시인. 경남 충무에서 태어남. 일본 니혼(日本) 대학 예술과 중퇴. 1948년 첫 시집『구름과 장미』를 펴내며 작품 활동을 시작함. 시집『늪』『기(旗)』 『꽃의 소묘』『부다페스트에서의 소녀의 죽음』『타령조·기타』『남천』『달개비꽃』등 이 있음.

나태주 1945~ 시인. 충남 서천에서 태어남. 공주사범학교 졸업 후 교사로 일함. 1971년 서울신문 신춘문예에 시가 당선되어 등단함. 시집『대숲 아래서』『누님의 가을』『막동리 소묘』『변방』『굴뚝각시』『슬픔에 손목 잡혀』『이야기가 있는 시집』등 이 있음.

마종하 1943~2009 시인. 강원도 원주에서 태어남. 동국대 국문과 졸업. 1968년 동아일보 신춘문예 및 경향신문에 신춘문예에 시가 당선되어 등단함. 시집『노래하는 바다』『파 냄새 속에서』『한 바이올린 주자의 절망』『활주로가 있는 밤』등이 있음.

박팽년 1417~1456 조선 전기의 문신. 집현전 학사를 지냄. 사육신의 한 사람. 단종 복위 운동에 가담했다가 세조에게 발각되어 옥중에서 순절함.

반칠환 1964~ 시인. 충북 청주에서 태어남. 중앙대 문예창작학과 졸업. 1992년 동아일보 신춘문예에 시가 당선되어 등단함. 시집『뜰채로 죽은 별을 건지는 사랑』 『누나야』『웃음의 힘』등이 있음.

백석 1912~1995 시인. 본명은 기행(夔行). 평안북도 정주에서 태어남. 오산고보를 거쳐 일본의 아오야마(青山) 학원 영문과 졸업. 1935년 조선일보에 시를 발표하며 등단함. 시집 『사슴』이 있고, 1957년 북한에서 동화 시집 『집게네 네 형제』를 간행함.

신경림 1935~ 시인. 충북 충주에서 태어남. 동국대 영문과 졸업. 1956년 『문학예술』에 시가 추천되어 작품 활동을 시작함. 시집 『농무』『새재』『달 넘세』『가난한 사랑노래』『길』『쓰러진 자의 꿈』『어머니와 할머니의 실루엣』『뿔』『낙타』『사진관집 이층』 등이 있음.

신동엽 1930~1969 시인. 충남 부여에서 태어남. 단국대 사학과 졸업. 1959년 조선일보 신춘문예로 등단하여 작품 활동을 시작함. 시집 『아사녀(阿斯女)』, 장편 서사시 「금강」, 시선집 『누가 하늘을 보았다 하는가』 등이 있음.

안도현 1961~ 시인. 경북 예천에서 태어남. 원광대 국문과 졸업. 1984년 동아일보 신춘문예에 시가 당선되어 등단함. 시집 『서울로 가는 전봉준』『모닥불』『외롭고 높고 쓸쓸한』『그리운 여우』『아무것도 아닌 것에 대하여』『간절하게 참 철없이』『북항』 등이 있으며, 동시집 『나무 잎사귀 뒤쪽 마을』『냠냠』『기러기는 차갑다』 등을 펴냄.

오규원 1941~2007 시인. 경남 밀양에서 태어남. 동아대 법학과 졸업. 1965년 『현대문학』에 시가 추천되어 등단함. 시집 『분명한 사건』『순례』『왕자가 아닌 한 아이에게』『이 땅에 씌어지는 서정시』『가끔은 주목받는 생(生)이고 싶다』『사랑의 감옥』『길, 골목, 호텔 그리고 강물 소리』『토마토는 붉다 아니 달콤하다』『새와 나무와 새똥 그리고 돌멩이』『두두』 등이 있고, 동시집 『나무 속의 자동차』를 펴냄.

왕방연 생몰년 모름 조선 초기의 문신 겸 시인. 세조 때 금부도사로 있었는데 단종이 영월로 귀양 갈 때 호송하였음. 그때의 심정을 읊은 시조 한 수가 『청구영언』에 전함.

월명사 생몰년 모름 신라 경덕왕 때의 승려. 향가 「제망매가(祭亡妹歌)」「도솔가(兜率歌)」를 지음.

유안진 1941~ 시인. 경북 안동에서 태어남. 서울대 교육심리학과와 미국 플로리다 주립 대학 대학원 졸업. 1965년 『현대문학』에 시가 추천되어 작품 활동을 시작함. 시집 『달하』『절망시편』『물로 바람으로』『달빛에 젖은 가락』『날개옷』『월령가 쑥대머리』『영원한 느낌표』『누이』『봄비 한 주머니』『다보탑을 줍다』『알고(考)』『둥근 세모꼴』 등이 있음.

윤동주 1917~1945 시인. 북간도 명동에서 태어남. 연희전문학교 문과를 졸업하고, 일본 도시샤(同志社) 대학 영문과 재학 중 항일운동을 했다는 혐의로 체포되어 후쿠오카(福岡) 형무소에서 복역하다가 1945년 2월 옥사함. 해방 후 유고 시집『하늘과 바람과 별과 시』(1948)가 간행됨.

이문재 1959~ 시인. 경기도 김포에서 태어남. 경희대 국문과 졸업. 1982년『시운동』4집에 시를 발표하며 작품 활동을 시작함. 시집『내 젖은 구두 벗어 해에게 보여줄 때』『산책시편』『마음의 오지』『제국호텔』『지금 여기가 맨 앞』등이 있음.

이상국 1946~ 시인. 강원도 양양에서 태어남. 1976년『심상』에 시를 발표하며 작품 활동을 시작함. 시집으로『우리는 읍으로 간다』『집은 아직 따뜻하다』『어느 농사꾼의 별에서』『뿔을 적시며』『달은 아직 그 달이다』등이 있음.

이상희 1960~ 시인, 동화작가. 부산에서 태어남. 1987년 중앙일보 신춘문예에 시가 당선되어 등단함. 시집『잘 가라 내 청춘』『벼락무늬』등이 있음.

이성미 1967~ 시인. 서울에서 태어남. 이화여대 법학과 졸업. 2001년『문학과사회』에 시를 발표하면서 작품 활동을 시작함. 시집『너무 오래 머물렀을 때』『칠 일이 지나고 오늘』이 있음.

이성부 1942~2012 시인. 전남 광주에서 태어남. 경희대 국문과 졸업. 1962년『현대문학』에 시가 추천되고, 1966년 동아일보 신춘문예에 시가 당선되어 등단함. 시집『이성부 시집』『우리들의 양식』『백제행』『전야』『빈산 뒤에 두고』『야간 산행』『지리산』『작은 산이 큰 산을 가린다』등이 있음.

이숙량 1519~1592 조선 중기의 문신. 호는 매암(梅巖). 안동부 예안현 분천리(지금의 안동시 도산면 분천리)에서 태어나 퇴계 이황의 문하에서 학문을 배움. 소과 시험에 합격하여 진사가 되었으나 대과(문과) 시험을 그만두고 성리학 연구에 매진함.

이육사 1904~1944 시인. 본명은 원록(源祿). 경북 안동에서 태어남. 1930년 조선일보에 시를 발표하며 작품 활동을 시작함. 독립운동 단체인 '의열단'에 가입하는 등 항일 투쟁을 벌이다 베이징의 감옥에서 순국함. 유고 시집『육사 시집』이 있음.

이정하 1962~ 시인. 대구에서 태어남. 원광대 국문과 졸업. 1987년 경남신문 및 대전일보 신춘문예에 시가 당선되어 등단함. 시집『너는 눈부시지만 나는 눈물겹다』

『그대 굳이 사랑하지 않아도 좋다』『한 사람을 사랑했네』 등이 있음.

정몽주 1337~1392 고려 말기 문신, 학자. 호는 포은. 성리학 연구에 조예가 깊고, 시문에도 뛰어나 많은 한시가 전함. 고려 왕조를 무너뜨리고 새 왕조를 창건하려는 이성계 일파를 제거하려다 그의 아들 이방원에 의해 살해됨. 문집 『포은집』이 있음.

정완영 1919~2016 시조시인. 경북 금릉에서 태어남. 1962년 조선일보 신춘문예에 시조가 당선되고, 1967년 동아일보 신춘문예에 동시가 당선되어 등단함. 시조집 『채춘보(採春譜)』『묵로도(墨鷺圖)』『실일(失日)의 명(銘)』, 동시조집 『꽃가지를 흔들 듯이』『엄마 목소리』『가랑비 가랑가랑 가랑파 가랑가랑』『사비약 사비약 사비약 눈』 등이 있음.

정지용 1902~1950 시인. 충북 옥천에서 태어남. 일본 도시샤(同志社) 대학 영문과 졸업. 1926년 『학조(學潮)』에 시를 발표하며 작품 활동을 시작함. 시집 『정지용 시집』『백록담』 등이 있음.

정철 1536~1593 조선 중기의 시인, 정치가. 호는 송강(松江). 가사 문학의 대가. 가사 「관동별곡」「사미인곡」 등을 남김.

정현종 1939~ 시인. 서울에서 태어남. 연세대 철학과 졸업. 1964년 『현대문학』에 시가 추천되어 등단함. 시집 『사물의 꿈』『나는 별 아저씨』『떨어져도 튀는 공처럼』『사랑할 시간이 많지 않다』『갈증이며 샘물인』『한 꽃송이』『세상의 나무들』『견딜 수 없네』『광휘의 속삭임』『그림자에 불타다』 등이 있음.

작품 출처

강은교 「숲」,『빈자 일기』, 민음사 1977

고재종 「첫사랑」,『쪽빛 문장』, 문학사상사 2004

고정희 「우리 동네 구자명 씨」,『지리산의 봄』, 문학과지성사 1987

공광규 「얼굴반찬」,『말똥 한 덩이』, 실천문학사 2008

권대웅 「햇빛이 말을 걸다」,『조금 쓸쓸했던 생의 한때』, 문학동네 2003

김광섭 「성북동 비둘기」,『성북동 비둘기』, 범우사 1969;『이산 김광섭 시 전집』, 문학과지성사 2005

김상용 「남으로 창을 내겠소」,『망향』, 문장사 1939

김애란 「길」,『난 학교 밖 아이』, 창비교육 2017

김종삼 「묵화」,『십이음계』, 삼애사 1969; 권명옥 엮음『김종삼 전집』, 나남출판 2005

김춘수 「꽃」,『꽃의 소묘』, 백자사 1959;『김춘수 시 전집』, 현대문학 2004

나태주 「3월에 오는 눈」,『이야기가 있는 시집』, 푸른길 2006

나태주 「행복」,『나태주 대표시 선집』, 푸른길 2017

마종하 「딸을 위한 시」,『활주로가 있는 밤』, 문학동네 1999

박팽년 「까마귀 눈비 맞아」,『한국 고전 시가선』, 임형택·고미숙 엮음 . 창작과비평사 1997

반칠환 「나를 멈추게 하는 것들」,『뜰채로 죽은 별을 건지는 사랑』, 지혜 2012

백석 「멧새 소리」,『정본 백석 시집』, 문학동네 2007

백석 「수라」,『정본 백석 시집』, 문학동네 2007

신경림 「가난한 사랑 노래」,『가난한 사랑 노래』, 실천문학사 1988

신동엽 「껍데기는 가라」,『신동엽 시 전집』, 창비 2013

신동엽 「봄은」,『신동엽 시 전집』, 창비 2013

신동엽 「산에 언덕에」,『신동엽 시 전집』, 창비 2013

안도현 「돼지고기 두어 근 끊어 왔다는 말」,『간절하게 참 철없이』, 창비 2008

안도현 「봄비」,『그리운 여우』, 창작과비평사 1997

왕방연 「천만리 머나먼 길에」,『한국 고전 시가선』, 임형택·고미숙 엮음, 창작과비평사 1997

월명사 「제망매가」,『한국 고전 시가선』, 임형택·고미숙 엮음, 창작과비평사 1997

유안진　「빨래꽃」, 『다보탑을 줍다』, 창비 2004

유안진　「상처가 더 꽃이다」, 『알고(考)』, 천년의시작 2009

윤동주　「서시」, 『정본 윤동주 전집』, 문학과지성사 2004

이문재　「광화문, 겨울, 불꽃, 나무」, 『제국호텔』, 문학동네 2004

이상국　「봄나무」, 『어느 농사꾼의 별에서』, 창비 2005

이상희　「비가 오면」, 『2001 현장 비평가가 뽑은 올해의 좋은 시』, 현대문학
　　　　2001

이성미　「벼락」, 『너무 오래 머물렀을 때』, 문학과지성사 2005

이성부　「봄」, 『우리들의 양식』, 민음사 1974

이숙량　「분천강호가」(제4수), 『한국 시조 감상』, 김진영 외 엮음, 보고사 2012

이육사　「청포도」, 『육사 시집』, 서울출판사 1946; 『광야에서 부르리라: 이육사
　　　　시 전집』, 시월 2010

이정하　「눈 오는 날」, 『그대 굳이 사랑하지 않아도 좋다』, 푸른숲 1997(개정판
　　　　2003)

정몽주　「단심가」, 『한국 고전 시가선』, 임형택·고미숙 엮음, 창작과비평사 1997

정완영　「가랑비」, 『가랑비 가랑가랑 가랑파 가랑가랑』, 사계절 2007

정지용　「호수 1」, 『정지용 시집』, 시문학사 1935; 『정지용 전집: 시』, 민음사
　　　　1988

정철　　「내 마음 베어 내어」, 『한국 고전 시가선』, 임형택·고미숙 엮음, 창작과
　　　　비평사 1997

정현종　「들판이 적막하다」, 『한 꽃송이』, 문학과지성사 1992

정현종　「비스듬히」, 『견딜 수 없네』, 문학과지성사 2013

지은이 모름　「개를 여남은이나 기르되」, 『한국 고전 시가선』, 임형택·고미숙 엮음,
　　　　창작과비평사 1997

지은이 모름　「청산별곡」(제1연), 『한국 고전 시가선』, 임형택·고미숙 엮음, 창작과
　　　　비평사 1997

지은이	작품명	수록 교과서
강은교	숲	창비(이도영)3-1
고재종	첫사랑	지학사(이삼형)3-2
고정희	우리 동네 구자명 씨	금성(류수열)3-2
공광규	얼굴반찬	비상(김진수)3-1
권대웅	햇빛이 말을 걸다	금성(류수열)3-1
김광섭	성북동 비둘기	지학사(이삼형)3-1
김상용	남으로 창을 내겠소	교학사(남미영)3-1
김애란	길	창비(이도영)3-2
김종삼	묵화	지학사(이삼형)3-2
김춘수	꽃	천재(박영목)3-1
나태주	3월에 오는 눈	천재(박영목)3-1
나태주	행복	미래엔(신유식)3-1
마종하	딸을 위한 시	지학사(이삼형)3-1
박팽년	까마귀 눈비 맞아	천재(박영목)3-2
반칠환	나를 멈추게 하는 것들	지학사(이삼형)3-1
백석	멧새 소리	지학사(이삼형)3-2
백석	수라	비상(김진수)3-2
신경림	가난한 사랑 노래	천재(노미숙)3-2
		금성(류수열)3-2
신동엽	봄은	미래엔(신유식)3-2
신동엽	껍데기는 가라	미래엔(신유식)3-2
신동엽	산에 언덕에	미래엔(신유식)3-2
안도현	봄비	교학사(남미영)3-1
안도현	돼지고기 두어 근 끊어 왔다는 말	천재(노미숙)3-1
왕방연	천만리 머나먼 길에	지학사(이삼형)3-1
월명사	제망매가	비상(김진수)3-2
유안진	상처가 더 꽃이다	미래엔(신유식)3-1
유안진	빨래꽃	교학사(남미영)3-2
윤동주	서시	교학사(남미영)3-1

지은이	작품명	수록 교과서
이문재	광화문, 겨울, 불꽃, 나무	미래엔(신유식)3-2
이상국	봄나무	천재(노미숙)3-1
이상희	비가 오면	천재(노미숙)3-2
이성미	벼락	천재(노미숙)3-1
이성부	봄	비상(김진수)3-1
이숙량	분천강호가(제4수)	천재(노미숙)3-1
이육사	청포도	천재(노미숙)3-2
		천재(박영목)3-1
이정하	눈 오는 날	지학사(이삼형)3-2
정몽주	단심가	교학사(남미영)3-2
정완영	가랑비	미래엔(신유식)3-1
정지용	호수 1	교학사(남미영)3-2
정철	내 마음 베어 내어	동아(이은영)3-1
정현종	비스듬히	동아(이은영)3-2
정현종	들판이 적막하다	천재(박영목)3-2
지은이 모름	개를 여남은이나 기르되	동아(이은영)3-1
지은이 모름	청산별곡(제1연)	창비(이도영)3-1